U0055370

CLASSIC
當代大師
文學經典

Ojos de perro azul

Gabriel García Márquez

藍狗的眼睛

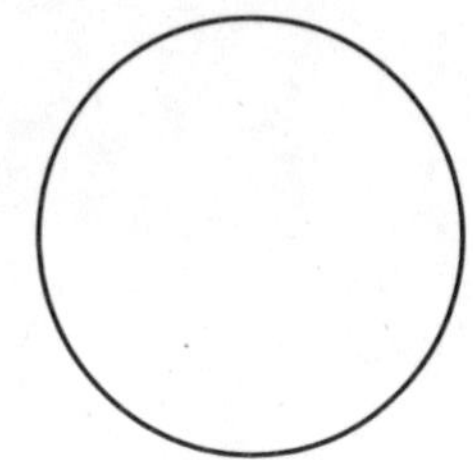

加布列・賈西亞・馬奎斯

葉淑吟——譯

導讀——

遠古的風吹來時，就變成了未來的預言

作家／馬欣

這是馬奎斯早年的作品，但透過這本書，你就可以看到他書寫《百年孤寂》的洞察力。書中的人物生生死死，夢醒又沉睡，周而復始，每個人的存在如此鮮活，但也同時一瞬，一如他們在時間裡迷了路，並為失去的世界哭泣。

馬奎斯的書不好懂，這本書也是，甚至在這本書中他的魔幻寫法與意識流更為鮮明。但馬奎斯的書是藝術的原因就在於，他不只在寫故事，更是在寫一種美，那其中包含了大千世界萬物相生相剋之美，因此殘酷，所以生意盎然，但美麗的背後也滿是腐朽，有如他的《百年孤寂》不僅是在寫人類的歷史與未來，同時也在寫我們的宿命。

他的書寫有著伸縮鏡頭，既看到滄海一粟的大格局，又看到噬咬我們內在的心魔，當它們同時呈現時，讀著讀著彷彿就對生命有了一種豁然之感，因為它包容了佛法的哲理，也有著基督教的能量不滅。

《藍狗的眼睛》以短篇小說的書寫，讓讀者感到角色像是活在 Edward Hopper＊的畫作裡，充滿凝結的空間與凝視的時間，角色在那有限的空間進行日常的無盡。從第一篇〈第三度認命〉主角置身在待死棺材中的「日常」，你既可以理解是植物人的心聲，也可以想像成是如同死亡一般活著的人。

主角生著「死亡」這樣的病，感受到腦內有如活體衝撞的噪音，也感到自己正被恐懼吞噬，而第三次發現自己的器官都失去作用時，才感到生命難得的「安息」的快樂。這個開篇故事相當驚悚，然而「死亡」接近活著的清醒，近乎寫出了生命的本態。有的人生近乎昏寐般地掙扎著，但卻無法真正地安歇，主角在第三度認命中，終於感受到短暫的生之清晰，但那時他已離死不遠了。

時空的伸縮與特寫，讓這個故事的燭光滅熄後，另外一個故事又在另一幅 Edward Hopper 的畫中被喚醒。那是一個被自己的美麗控制住的女子，太過突出的存在給了她巨大的包袱，這裡的描寫有如困在軀殼中的絮語不斷。但當她能擺脫自己祖傳的美貌，以為終於想到獲得自由的出路時，卻早已是數百年後的事了。

這像是來自瓶中精靈的絮語，於是當你讀到第二篇時，才發現你掉進了《十日談》或《一千零一夜》的時空裡，過去的風一直吹過來，到你的眼前時，竟是未來的預言姿態了。

所有的歷史都像是風來的絮語啊。於是你陷入了馬奎斯編織的人類「南柯一夢」之中，人類整體的生命都像是一場夢般，美麗而哀傷。這樣壯闊

＊愛德華·霍普，一八八二～一九六七，美國繪畫大師，以描繪寂寥的美國當代生活風景聞名。

的美卻呈現在這麼多的短篇之中，而當時間與空間如漏斗般轉換了一個方向，另一個故事又接著展開了。

或許你跟我一樣，會著迷於其中一篇〈有人弄亂這些玫瑰〉的故事，開頭是這樣寫的：「因為是禮拜日，雨也停了，我想帶一束玫瑰到我的墳上。」時序像亂了一般的咒語，但以鬼一般的存在，他看到了家鄉的變化，變成了不毛地帶，熟悉的人都已經遠離。

這樣的時空忽遠忽近，這時他發現一個俯臥在聖人像前的女人，於是想去祭壇那裡拿朵最鮮豔的玫瑰，又因為驚醒了她總是沒能得手。日子久了，他看著那女人獨居在那荒蕪之地，知道她是分離了四十年的故人。鬼像沒有情感一般，記述著女人的生活，只惦念著玫瑰。

但從那一景一物中，想到了那天他死時，她也在場，一個八月的暴雨日的意外，死亡之日像個密閉空間，鬼的時間無盡，卻陪伴著生者的有限生命。它敘述著那女人之後的二十年生活，像彼此認出了對方般的天人永隔，但只有讀者知道他們處在不同的維度。

沒有悲傷的用語，你不知鬼是在照看著女子修修補補的身影，還是只想拿到那束玫瑰，但情感卻如此深刻，原來這個世界有的是天長地久，只是不在我們想像的形式內。

書中的每個故事都短如一道燭光，卻有著生命的縱深，如〈那波，讓天使等待的黑人〉，一個馬童那波，生命暫停在被馬踢中的那一日。神智受損的他被主人驅逐關在一間密室裡，但他總能回到他惦念的時光——那些週六去廣場上的回憶，以及陪伴啞巴小女孩聽唱片的時間。他的人生雖然失去了「時間感」，時間也放逐了他，但他與啞巴女孩因為彼此曾經的存在，而擁有了「時間」的意義。

〈藍狗的眼睛〉描述著只有在夢裡才會出現的愛人，他們留下了信號，醒來之後只剩下幾個字象徵著「忘記」，一如人生，忙著的總是瑣事，忘記的往往是重要的事。

〈鏡子的對話〉中，我們跟鏡中的自己總存在著光速差距，那點時差是我們對自己的錯認、控制、追尋或失望，它幻化成我們一生的追求與疲於奔命的下一秒。那個光速的錯失，是我們每個人的好夢與惡夢，也會是一生最後的結局。

〈六點光臨的女客〉有著我們熟悉的都市味，你從中可以拼湊出一個命案。賣春女與餐廳的廚子有過極短暫的心靈交流，卻是在不被承認的十五分鐘前。情感的稀薄，言語的無法到達，每個都市人都在定點迷失方向。

但最美，也最讓人再度感受到《百年孤寂》震撼力的是最後一則短篇故事——〈伊莎貝爾凝視馬康多下雨的喃喃自語〉。故事中有著如聖經審判般的末日大雨，連日無休無止地下著。一頭受困的牛無法從爛泥中挪開，整個天地彷彿只剩那條牛有動靜，牠慣性地站立著，直到應聲倒地。人類在其中更是惶然，整體都迷失在時間裡，直到雨停，馬奎斯是這樣形容這個時刻：「一種神秘而深切的幸福，這種完美的狀態，非常類似死亡。」

馬奎斯文字最大的魔法是「時間」，《百年孤寂》讓我們看到人類的一百年就像是神的一場夢，而《藍狗的眼睛》最後一個故事則像是我們正活在時間的咒語裡，我們跟著它前進，卻共同失去了「時間」的意義。

他像撮了一搓米，讓我們在這本書裡看到時間之於人生，忘記我們總會走向過去，也總是夢醒於未來。

看破神的手腳的，從來只有馬奎斯。人類的美正在於我們從不知自己是夏蟬，因宿命而永恆。

第三度認命……015
艾娃在她的貓裡面……033
鐵匠該隱鑄造的一顆星……053
死神的另一根肋骨……071
鏡子的對話……087
三個夢遊者的苦悶……099
關於拿塔那內爾的登門拜訪……107
藍狗的眼睛……125
六點光臨的女客……139
石鴴之夜……165
有人弄亂這些玫瑰……177
那波，讓天使等待的黑人……185
雨中走來的男人……201
伊莎貝爾凝視馬康多下雨的喃喃自語……211

第三度認命

La tercera resignación

那個噪音又出現了。他已經很熟悉那個冰冷、尖銳的噪音從天而降，但此時此刻，他感覺到高亢的聲音充滿痛苦，突然之間難以習慣。

那聲音是隱約的，是尖銳的，在他腦殼裡咆哮。他的頭骨內有個蜂巢。那聲音彷彿連續上升的螺旋，越來越響亮，在腦內衝撞，引起失衡、走調的震動，伴隨身體的一定節奏，搖晃他的脊椎。有個東西與他的人體結構格格不入；有個東西「曾經」正常，此刻卻如同一隻骨瘦如柴的手拿著鐵鎚在他的腦袋裡狠狠地猛敲，勾起他這一生所有嘗過的苦澀。他頭痛欲裂，一股猛烈的衝動浮現，他想握緊拳頭，用力壓住浮起青筋和紫筋的太陽穴。他多麼希望舉起靈敏的手掌，逮住此刻以鑽石的鑽頭般鑿著他的噪音。他發著高燒，當他想像那個噪音在他發燒滾燙的腦袋瓜裡，沿著每個飽受折磨的角落追著他，不禁像隻貓一樣瑟縮成一團。

他會捉住那個噪音，但不可能。那個聲音有著滑溜溜的皮膚，可以說沒有形體。但是他打算用他熟習而來的策略來捕捉，使盡所有絕處逢生的力氣，牢牢地抓住它久久不放。他不容許它再次刺穿他的耳膜，從他的嘴巴，從他的每個毛孔，或從他的眼睛竄出，當它呼嘯而過，他的眼珠子會應聲剝落，瞎了的眼只能從一片駭人的黑暗的最深處，瞪著那個噪音逃之夭夭。他不容許那個噪音猶如碎玻璃或是碎冰塊擠壓他的腦壁。那個噪音就是這樣：沒完沒了，就像孩子一頭撞上水泥牆；就像對所有自然界硬物的猛力衝撞。但是只要能圍捕它，逼它無處可逃，就不用再受折磨。他要一步步地斬除那個如影隨形、變化莫測的形體，然後抓住它。現在，他終能使盡所有力氣，搾壓它，把它扔到人行道上，狠狠地踩踏，直到它真的一動也不動，直到可以氣喘吁吁地說，他已經殺死那個折磨、逼瘋他的噪音，此時此刻那個噪音躺在地上，像任何普通的東西，完完全全失去了生命的氣息。

但是他沒辦法壓住自己的太陽穴，他的手臂萎縮了，此刻變得像是侏儒的手臂，小小的，肉肉的，胖胖的。他試著甩甩頭，他甩完後，那個噪音反而用力扎根在腦殼裡，擴大變硬，並深深受到引力影響。那個噪音變得沉重和堅硬，就因為太重太硬，若是逮到了，肯定在摧毀它時，就像是拔除一片片鉛製花瓣一般吃力。

他「以前」也曾感覺過這個噪音頑固的存在。比方說，他在自己第一次死去的那天感到它的存在。當時，他看見一具屍體，卻發覺那具屍體竟是自己。他看了看，摸了摸，他感覺自己摸不著，不具形體，甚至根本不存在。他是一具實實在在的屍體，他逐漸能感覺得到，死亡正行經他那具生病的青春肉體。屋內的氛圍開始變得凝重，彷彿灌滿水泥，而他就在水泥塊的中央——那些曾在空氣還沒變成水泥塊時的物品都在原處，他被仔細地安置在一具棺材裡面，棺材是水泥的，但也是透明的。那一次，他的腦袋裡也出現「那個噪音」。他感覺他躺在棺材另一端的腳板彷彿距離好遠好冰冷，那一端放著一顆枕頭，因為棺材實在大大，不得不做調整，好讓他死亡的身體能穿上他的最後一件新衣裳。他一身白衣，下顎綁著一條手帕。他感覺自己穿著壽衣很好看，有一種死亡的美感。

他躺在棺材裡，準備下葬，然而他知道自己並沒有死；如果他想要起身，很容易就能站起來，至少是「靈魂」的部分吧。但是沒有必要，還是讓自己死了躺在那裡吧——為了「死亡」而死，他生的病就是死亡。許久以前，醫生已斬釘截鐵地對他的母親說：

「夫人，您的孩子生了重病：他死了。不過啊，」他繼續說。「我們會盡一切所能救他遠離死亡的威脅，我們會採用一套複雜的自動供給養分系統，延續他的器官功能運作。唯一失去的是人腦功能和肢體動作，我們會從他身體繼續的正常成長，知道他還留著一口氣。這只是一種叫『活體死亡』的病，一種真實和真正的死亡……」

他還記得那些話，不過已經模糊不清。或許他其實從沒聽過，只是他的大腦在傷寒侵襲而體溫升高當下的想像。那時他正處在癲狂狀態，當時他剛好讀了防腐處理法老王的故事，當開始發燒，他感覺自己化身為故事裡的主角。他的生命自此出現一塊空缺，從那時起他開始無法分辨、或記不得哪些是他在瘋癲中的想像，或者哪些是真實人生的事件。因此，他現在滿腹疑惑。或許醫生從沒說過這種詭異的「活體死亡」，這有悖常理，自相矛盾，很簡單的道理就是：它們相互牴觸。這讓他開始懷疑他其實早就死了，十八年前就已經死了。

從那時開始——他七歲死掉那一年，他的母親派人替他訂做了一個綠色木頭的小棺材，但那是給小孩用的。醫生叮嚀要給他做個大一點的棺材，一個成人能躺進去的尺寸，因為那個小小的棺材，可能會妨礙肢體的成長，他會長成一個畸形的死人，或不正常的活人，或者停止生長會讓人無法察覺他的病情是否好轉。他的母親聽進忠告，幫他訂做了一個給成人躺的、比較大的棺材，然後在他的腳底塞了三個枕頭，好調整空間大小。

很快地，他在棺材裡長大，因此每一年都會有人替他拿出一點最後那個枕頭裡的填充羊毛，給他空間繼續成長。他就這樣度過了大半輩子。十八年過去了（現在他二十五歲），他長到最終的正常身高，不過木匠和醫生估算錯誤，那口棺材多了半公尺長。他們以為他會長到跟他那個半個野蠻人的巨人父親一樣高，但並沒有這樣。他從父親身上唯一繼承到的是一臉鬍子，那是濃密的藍色鬍子，他的母親總是幫他修剪整齊，讓他能儀容端正地躺在棺材裡。大熱天時，他會覺得鬍子特別不舒服。

但是比起「那個噪音」，他還有個更擔心的東西，那就是老鼠。更準確地說，他在這個世界上，從小開始最擔心害怕的莫過於老鼠。這種噁心的小動物就是被他腳邊燃燒的蠟燭氣味吸引過來的，牠們咬破他的衣服，他知道牠們很快就會啃咬他，吃掉他的身體。有一天，他清楚地看到了牠們：那是五隻胖老鼠，身體滑溜溜的，牠們從桌腳爬上棺材，打算吃掉他。等到他的母親發現時，他就只剩下殘骸，剩下堅硬冰冷的骨頭。但最令他毛骨悚然的，不是被老鼠啃食殆盡，因為只剩下骨架他還是能繼續活下去；他最感到痛苦不堪的，是自己對那種動物與生俱來的恐懼。光是想著那些毛茸茸的小動物跑遍他的身體，從他的衣服皺褶鑽進去，用那冰冷的腳摩擦他的嘴唇，他就忍不住起了一身雞皮疙瘩。其中一隻甚至爬上他的眼皮，想啃咬他的眼睛。他看見老鼠是那樣巨大，那樣醜陋，奮力想要咬穿他的視網膜。這時他相信他將再一次面臨死亡，把自己完全交給逼近的狂風暴雨。

他記得自己已經邁入成年，他二十五歲，這意味不會再長大。他的長相定型下來，變得嚴肅，但是等他恢復健康以後，他無法聊自己的童年。他沒有童年，他的童年是在生著死亡的病中度過的。

他的母親在他童年到青春期這段時間，無微不至地照顧他。她維持棺材的絕對衛生，和房間內大致上的整潔；她經常更換花瓶的鮮花，每天打開窗戶讓空氣流通。在那段日子，每當她拿卷尺替他量完身高，是用多麼滿意的目光看著上面的數字！她證實兒子又長高了好幾公分！她看著他活著，心中充滿母愛的滿足感。她也格外注意別讓陌生人到家裡來，不管怎麼說，家中的房間內有個長年死亡的人畢竟令人不舒服，而且不可思議。她是個犧牲自我的女人，但是很快地，她不再那麼樂觀。在最後幾年，她帶著哀傷的目光凝視卷尺，她的兒子不再長大了！過去幾個月，連一毫米都沒長。他的母親知道，如今要在她心愛且已死亡的兒子身上，找到一種可以掌握、並能維繫生命的方式並不容易。她害怕某天早上醒來後，兒子「真的」死了，或許因為這樣，那天他發現母親靠近棺材時，正小心翼翼地聞他的身體。她陷入悲觀，近來也疏忽了照顧，甚至不再記得帶卷尺，因為她知道兒子不會再長高了。

他知道，現在他「真的」死了；他知道，是因為他的器官變得安安靜靜。一切的改變令人措手不及，現在他的心跳難以察覺，只有他自己感覺得到，他的脈搏不再跳動。他感覺身體沉重不堪，彷彿有股強烈的吸力，把他拖向地底的原始物質。此時此刻，這股吸住他的重力似乎變成一種難以扭轉的力量。他就好像一具貨真價實的屍體那般沉重，但這個樣子，反而有一種真正安息的感覺，他甚至不用呼吸，不用繼續活在他的死亡中。

他徜徉在想像裡，沒有觸摸的動作卻摸遍每個肢體。就在那裡，就在硬邦邦的枕頭上，他的頭微微地偏向左邊。他想像自己半張著嘴，冷風從一條細縫灌入，將他的喉嚨塞滿冰雹。他像一棵活了二十五年被砍倒的樹。或許他試過閉上嘴巴，但那條綁在他下顎的手帕鬆開了。他沒辦法回復姿勢，沒辦法整理打扮，甚至沒辦法「擺姿勢」，當個「得體」的死人。他的肌肉、肢體，不再像以前能聽從神經系統的召喚，他不再是那個十八年前的自己，那個能隨心所欲移動的正常孩子。他感覺手臂垂著，永遠躺在那裡，擠壓著棺材的墊布內壁；他堅硬的肚子像是胡桃樹皮；還有那雙腿，替他的成人身軀補上完美句點。他安息的身體沉重不堪，但是平靜地，沒有任何局促，彷彿世界突然停下腳步，沒有人干擾這種靜謐；彷彿地球上的所有肺部都停止了呼吸，以免擾亂空氣中輕盈的寧靜。他感到快樂，像個孩子仰躺在茂密的青草地上，凝視午後天空高處飄遠的雲朵。他是快樂的，儘管他知道自己死了，躺在鋪上人造絲內墊的棺材裡永遠安息。他的頭腦如此清晰，不再像第一次死掉之後，他感到腦袋迷迷糊糊，恍恍惚惚。在他四周的四根蠟燭每三個月更換一次，現在又快要燃燒殆盡；更換時間正好都在不得不更換的最後一刻。

他感覺到四周繚繞著一股，這天早上母親帶來的紫羅蘭的清香，他也感覺到百合和玫瑰的清香。但是這一切可怕的事實，並沒有引起他一絲憂慮；相反地，他在這裡跟寂寞獨處時感到很快樂。那麼隨之而來的會是恐懼嗎？

誰知道。很難想像，當鐵鎚將釘子打進綠色木頭發出震響，棺材卻還抱著一種堅信能茁壯成一棵樹的希望。此刻，他的身體感到一股從地底傳來的莫大吸力，這具肉體將會留在潮溼、黏答答和鬆軟的土壤中，歪背扭身；而在那上面，就在四立方公尺高的地面，響著掘墓人越來越小的最後幾聲敲打。不會，他躺在那兒也不會感到恐懼。那只是他死亡的延續，是自然延續的嶄新狀態。

他的身體就快失去最後一絲溫度，他的骨髓即將永遠冷卻，幾顆冰霜鑽進了他的骨髓深處。真好！他會適應變成死人的新人生！然而，有一天他會感覺他如同盔甲堅固的軀體崩塌；當他試著呼喚，和檢查他的每個肢體，卻找不到它們在哪裡。或許他會感覺到，自己不再具有確切、清楚的形體；他會知道，而且不得不認命，他失去了他完美的二十五歲身體，變成了一把沒有形體的灰燼，失去了幾何的定義。

變成歸回聖經中的死亡的塵土，到那時，或許他會感到一絲惆悵，懷念自己不再是具有形體和結構的屍體，而是一具想像、抽象的屍體，倚靠親屬對他的模糊回憶而存在。到那時，他會知道自己沿著蘋果樹的毛細管往上爬，變成秋天的蘋果，被一個飢腸轆轆的孩子咬下時醒來。到那時，他會明白他失去了身體，他不再是一般的死人，不再是普通的屍體，並且感到悲傷。

最後一晚，他在自己的屍體孤單的陪伴下，過得很快樂。

但是當新的一天來臨，初露的幾縷暖洋洋的晨光從敞開的窗戶照進來，他感覺皮膚上有層亮光，於是觀察了半晌。他安安靜靜，僵直不動，並讓空氣拂遍他的全身，他毫不懷疑，那股「氣味」已經出現。夜裡，屍胺開始起作用，他的器官開始分解、腐敗，就跟所有死人的身體一樣。那股「氣味」是一股絕不可能搞混的腐肉臭味，消失後又出現，味道越來越濃。他的身體在前一晚的燠熱中開始分解。沒錯，他正在腐爛。再過短短幾個小時，他的母親會來換花，一走到門檻，就會聞到撲向她的腐肉臭味。於是，這便是千真萬確的了，他們會葬了他，他會跟著其他死人在他的第二次死亡中長眠。

不過，恐懼從他背後竄上，捅了他一刀。恐懼！這是個多麼深奧和具有多層意義的詞彙！此時此刻，他感到恐懼，一種「具體的」真實恐懼。恐懼從何而來？他再清楚也不過，他忍不住發抖：或許他並沒有死。他們把他放在這裡，在這口棺材裡，現在他感到躺在棺材內是那樣柔韌、鬆軟和該死的舒適；而恐懼恍若幽魂，替他打開了通向現實世界的窗戶：他們要把他活埋！

他不可能已經死了，因為他能攫住一切，毫無疏漏；那些圍繞著他正在喃喃低語的生命；他聞到從敞開的窗戶飄來香水草的清香，和另一股「氣味」交纏在一起；他清楚聽見水槽的水緩緩滴落；蟋蟀在某個角落繼續鳴叫，以為黎明還沒結束。

這一切讓他拒絕相信自己死了，除了那股「氣味」。可是，他怎麼能知道那是他的氣味？或許是他的母親前一晚忘記更換花瓶的水，花朵的根莖開始腐爛造成的；或者是一隻老鼠，一隻被貓拖到窩裡的老鼠在燠熱中腐爛了。不對，那股「氣味」不可能來自他的身體。

不久前，他還欣喜地接受了死亡，因為他相信自己死了，因為死者對於無可挽回的狀態或許感到幸福。然而，他的四肢對他的呼喚沒有反應，他不能表達，這讓他膽戰心驚，這是他活著或死亡所感到的最大驚慌。他們要把他活埋，他會感覺得到。他會知道他們釘棺材的那一刻，他會感覺到自己懸空橫躺在朋友們的肩上；與此同時，他的惶恐和他的絕望，將隨著送葬隊伍每往前一步而逐漸擴大。

他沒辦法站起來，沒辦法卯足虛弱的力量呼叫，沒辦法在狹窄漆黑的棺材裡敲打，讓他們知道他還活著，他們就要將他活埋。他感覺怎麼做都是白費力氣，他的四肢依然罔顧他的神經系統最後的緊急呼喚。

他聽見隔壁房間傳來了聲響。他是不是睡著了？莫非這場死人的人生只是一場惡夢？但是餐盤的聲響停住了，他悲從中來，或許他因此感到不快。他多麼希望所有地球上的餐盤都突然間打破，就在他的身邊，靠一個外在的因素驚醒大家，因為他的意志辦不到。

但是不可能呀，這不是一場夢，他相當確定。假使真的是夢，他又試了一次，卻怎麼也無法回到現實世界。他永遠不會再醒來，他感覺到棺材裡的柔軟，而此刻那股「氣味」又出現了，愈發濃烈，這樣的濃烈，讓他無法再懷疑那是他身上的氣味。他多麼希望，他能在身體腐爛之前看到他的親屬，否則腐爛的肉體將是讓他們作嘔的一幕。那些鄰居將會拿著手帕掩住口鼻，從靈柩邊倉皇逃離。他們會嘔吐。不要，不要讓這種事發生。還是讓他們埋了他吧，越快「解脫」越好。現在他多想要擺脫他的肉體，現在他知道自己真的死了，已經沒差了。無論如何，那股「氣味」都會死纏爛打。

他只能認命地，聽著最後的禱告聲，聽著那最後幾句侍祭回應的蹩腳拉丁文。墓園中滿是塵土和屍骨的冰冷鑽進了他的骨頭，這或許能稍微驅散那股「氣味」。但誰知道呢！或許當那一刻逼近，他反而能脫離這場昏睡。當他感覺在自己的汗水和濃稠的黏液中泅泳，一如他曾經在母親的子宮裡那樣，或許到那時候他會是活著的。

但是他已經認命，接受自己的死亡，或許他正是因為認命而死的。

一九四七年

艾娃在她的貓裡面

Eva está dentro de su gato

突然間，她發現她的美貌已經崩解。曾經，她的美貌折磨著她，彷彿身體的腫瘤或癌症。她仍記得青春年少時，出眾的外貌帶給她多沉重的負擔，如今，隨著不得不屈服的疲憊，隨著年漸遲暮的最後掙扎，美貌已然崩落，但誰又知道是在哪裡崩塌的！她無法再繼續扛著那種負擔，一刻都不能。她必須把對她的人格毫無用處的形容留在某處，那個打響她的名字的碎塊已經變得多餘。沒錯，她得把她的美貌丟棄在任何地方，丟在街道轉角，或在郊區的某個角落，或者像件用不上的舊外套，把它忘在某間二流餐廳的衣櫃裡。她已經厭倦當所有目光的焦點，活在男人那一雙雙不斷盯著她看的眼睛中。夜裡，當失眠就像別針釘住她的眼皮，她多想像個毫無魅力的平凡女人。她覺得房間裡的一切對她都懷有敵意。她絕望無助，感覺失眠在她的皮膚底下延伸，經過她的腦袋，推擠著高燒往上竄，抵達她的頭髮根部。她的血管彷彿布滿發熱的小蟲子，每一天隨著凌晨降臨而醒來，在皮層下展開一場驚心動魄的冒險，搖動牠們的觸腳，踐踏那一塊陶土，那裡正綻放著她恰到好處的美貌。無論她怎麼嚇那些可怕的小蟲子，都只是枉然。她毫無辦法，因為牠們是她器官的一部分。牠們就在那裡，活生生的，遠在她出生以前就已經存在。牠們來自她的父親的心臟，她的父親獨酌孤獨寂寞的夜晚，痛苦地餵養牠們。或者，牠們在世界之始，就沿著聯繫她和她的母親之間的臍帶湧進她的血管。毫無疑問地，那些小蟲子不是從她體內自然地誕生。她知道牠們來自更久之前，所有冠上她的家族姓氏的先祖都曾忍受過牠們，不得不受牠們的折磨，就如同她怎麼也無法打敗失眠直到凌晨。同樣的小蟲在她的先祖臉上刻下了苦澀的表情，那是一種難以撫慰的悲傷，她也為同樣的憂傷所苦，她看過先祖們即使不復存在之後，依然從古老的肖像畫裡投射出的凝視目光。她依然記得曾祖母憂慮重重的面容，她蓋著老舊的亞麻被，哀求那些在她血管裡的小蟲子給她一分鐘的歇息或一秒鐘的平靜，但牠們依然殘酷地折磨著她，不斷雕塑她的美貌。不對，那些小蟲子不是來自她的身上。牠們來自一代接著一代的繁衍，用牠們精細的盔甲，去捍衛一個精挑細選的血脈的完美名望，而雀屏中選的他們卻是無比痛苦。這些小蟲子誕生於生下第一個美麗女娃的母親的肚子裡，但是阻止這樣的代代相傳卻有其必要，而且迫在眉睫，必須有人放棄繼承並延續這種人造的美貌。這支血脈的女人，即使在攬鏡自照後讚嘆自己的美貌，但到了夜裡卻得忍受那些小蟲子長達幾個世紀的不眠不休、緩慢卻有效率的工作，想想實在不值得。那已經不是一種美貌，而是一種必須遏止的疾病，非得將它斬草除根不可。

她依然記得躺在那張恍若針氈又熱又燙的床上，熬過永無止盡的時間。在那些夜晚，她努力推著時間往前進，希望那些畜生能在天亮後停止折磨。擁有這樣的美貌有什麼用？夜復一夜，她深陷沮喪，想著自己還不如當個村婦，或者當男人吧；但是她不要這副沒用的容貌，靠著來自遙遠淵源的小蟲子滋養，牠們加速她的死亡到來，而且已經到了無法挽回的地步。如果她像她粗俗的捷克朋友一樣，是個悲哀的醜女，還有個狗一樣的名字，或許會比較快樂吧。對她來說，當個醜女還比較值得，這樣一來她就能跟任何基督徒一樣高枕無憂。

她咒罵她的先祖，他們該為她的失眠負責。他們把傾國傾城的美貌傳給她，彷彿他們在母親死後摘下她們的頭，重新接在他們的女兒的軀體上。這就像只有一個頭，同樣的一個頭，同樣的耳朵，一樣的鼻子，相似的嘴巴，惱人的智慧，傳給了所有的女人，她們不得不接手這個痛苦的美貌遺產。在那裡，就在那個繼承而來的頭顱中，那些永不罷休的小小微生物，經由世代交接越來越壯大，出現了個性、力量，甚至演變成一種無敵的生物，一種無藥可醫的疾病，越過層層的審查找上了她，這種病既苦澀又痛苦，超乎她所能忍受的範圍……沒錯，就像腫瘤或是癌症。

她多愁善感，在無法成眠的時間裡，她淨想些不太愉快的事。她回想構成情感世界的東西，那些讓她焦慮的微生物，就把那裡當作太古濃湯，在那裡紮根茁壯。在那些夜裡，她瞪大驚恐的雙眼，強忍著漆黑恍若熔化的鉛液掉落在她兩邊太陽穴上的重量。她四周的萬物都在沉睡，而她窩在角落，試著遙想童年，誘引睡意。

但是她的回憶最後總是遇上一種陌生的恐懼，每每遊蕩過屋內漆黑的角落，她的思緒就不得不去面對恐懼。這時候，她便開始與它對抗，這是一場對抗三個不動如山的敵人的真正戰役。她甩不掉腦中的恐懼，永遠都做不到；她必須忍受恐懼堵住喉嚨的感覺。這一切都是因為住在這棟古老的大屋裡，因為在那個角落獨自睡覺，讓她遠離了世界的其他地方。

她的回憶到了最後，總是遊蕩在那幾條潮溼的走廊上，替覆蓋蜘蛛網的肖像畫拂落灰塵。那些令人不安的可怕灰塵，是從來自上方，從她的先祖化成骨灰的地方飄落下來的。她免不了又想起「那個孩子」，她想像他在草地底下，在院子裡，在橘子樹旁，一副夢遊的模樣，嘴裡塞著一把溼土。她感覺看見他在一窪泥地裡，用指甲與牙齒往上挖掘，想逃離那啃咬他背部的冰冷；那是他們埋了他的地方，他能在那條爬滿蝸牛的長長的墓穴裡，尋找通往院子的出口。冬天時，她總聽見他在哭泣，那在雨中的細碎嗚咽恍若沾染了泥濘。她想像他依然完整無缺，如同五年前，他們將他葬在那個積水窟窿裡的樣貌。她無法想像他已經腐爛，相反地，他在濃濁的水中航行，踏上一場沒有出口的旅程，那該是多麼美麗。或者她看見他還活著，卻一臉驚恐，害怕被葬在那樣陰暗的院子裡飽嘗孤獨的滋味。她曾反對他們將他葬在那棵橘子樹下，那裡離房屋實在太近。她對他感到害怕，她知道每當入夜，他都能猜到她苦於失眠的糾纏；他會沿著寬敞的走廊回來，哀求她的陪伴，哀求她幫忙驅趕啃食他的紫羅蘭的根部的昆蟲。他會回來要求睡在她的身邊，那是他生前睡的位置。她害怕再一次感覺他在越過死亡之牆後出現在她的身邊；她害怕去搶那雙手裡的東西，「那個孩子」總是把他的冰塊握在手中直到溶化。她看到他身體僵硬，像尊令人恐懼的雕像長眠在汙泥上，她希望他們把他帶到遠方，好讓她別在夜裡又想起他。然而，他們把他留在那裡；此刻，他神情漠然，邋遢骯髒，靠自己的血和蚯蚓的泥巴果腹。她不得不接受看到他從漆黑的地底回來。因為，每當她難以成眠，總一定會想著「那個孩子」，他應該在土堆下呼喚她，希望她能幫他逃離這場荒謬的死亡。

但是現在，她在這個沒有空間、也沒有時間的新人生裡，感到平靜許多。她知道在她的世界之外，一切繼續照著從前的節奏運轉，她的房間應該沐浴在晨曦中，她的物品、家具、十三本心愛的書，依然在原本的位置上。而她的床上一片空蕩蕩，原本躺著一個完整女人的空位，此刻那一縷女人的體香也開始消逝了。但「這一切」到底是怎麼發生的呢？她這個美麗的女人，血液裡棲息著小蟲子，被一種深夜出現的恐懼追逼，竟能逃離讓她輾轉難眠、又漫無邊際的惡夢，此刻她踏進了這個詭異的陌生世界，而在這裡，為什麼所有的維度都消失了呢？她想起來了。那天晚上——她跨界的那一晚，天氣比往常要冷，她獨自一人在家，忍受失眠的嚴酷折磨。沒有人擾亂死寂，花園飄來一股恐懼的氣味。她的身體汗如雨下，彷彿鮮血帶著小蟲子從血管潰堤而出。她期盼有人走過街道，有人大叫，打破這個靜止的氛圍；或大自然裡有什麼動靜，讓地球再一次繞著太陽轉動。但一切只是枉然，就算在她耳朵下方的枕頭裡面，躲了什麼睡著的蠢男人也沒人會醒過來。她動彈不得。牆壁散發出一股剛刷過的強烈油漆味，這股強大濃烈的氣味，不是聞到的，而是胃感覺到的。而在桌子上，唯一的時鐘以有限壽命的機身，打破了寧靜。「時間……！喔，時間……！」她想起死亡，並嘆了一口氣。而在那裡，在院子裡，在那棵橘子樹下，在另一個世界的「那個孩子」繼續用細碎的嗚咽聲哭泣。

她尋求她所有的信仰，為什麼她不在清晨時刻甦醒，或者就這樣死去？她從沒想過美貌會害她犧牲這樣多。每到那一刻，她一如往常，除了恐懼，還飽受疼痛之苦。儘管恐懼，那些小蟲子依然毫不留情地折磨她。死亡緊掐住她的生命氣息，彷彿蜘蛛般惡狠狠地嚙咬她，要她放棄生活，但最後那一刻卻遲遲不來。她的那一雙手，那雙曾讓男人們變得神經兮兮、如小動物般笨拙緊握的手，現在已經動彈不得，因為恐懼，因為來自內在非理性的害怕而僵住不動，毫無緣由，只要想到自己被遺棄在這棟古老的屋子裡就會如此。她試著做些反應，無奈卻辦不到。恐懼占據她的全身，停在那兒，死纏爛打，若隱若現，不肯妥協，彷彿是個不願意離開她的房間的隱形人。但更令她心驚膽跳的是，這種恐懼無法診斷，而且是莫名的，是獨一無二的，就這樣平空出現。

她舌頭上的唾液轉為濃稠，她感到困擾，她牙齒間的舌頭如同乾硬的橡皮，黏住她的上顎，或者不聽使喚滑動。這是一種不同於口渴的欲望，一種她在這輩子第一次感覺到的、更高層次的欲望。一時之間，她忘了她的美貌、她的失眠、她毫無理性的恐懼；剎那之間，她相信小蟲子已經離開了她的身體，她感到牠們被她的唾液黏住。沒錯，這真的太好了，太好了，那些小蟲子離開了，現在她可以好好睡覺了，可是她得想個辦法，化開害她的舌頭變遲鈍的濃稠口水。如果能去儲藏室的話……但她在胡思亂想什麼？她心頭一驚，因為她從未感覺過「這種欲望」。從他們埋了「那個孩子」的那天起，她就感到自己迫切地想吃酸的東西，意志也因此變得脆弱，無法再謹守多年來嚴守的紀律。說來愚蠢，但是她真的感覺吃橘子很噁心，她知道「那個孩子」已經爬上了橘子花，隔年冬天長出來的肥美果實汲取了他的肉，他那剛死不久的肉還是新鮮的。不，她不能吃橘子。她知道在全世界的每一棵橘子樹下，都埋著一個孩子，他的屍骨成了肥料讓果實更加鮮甜。然而，此刻她必須吃一顆橘子。她必須化開快要淹沒她的濃稠口水，這是唯一的辦法。想像水果裡有「那個孩子」實在愚蠢，她要趁著美貌暫時停止折磨她的時刻去儲藏室一趟。可是……這不是很奇怪嗎？這是她這輩子第一次感到真正想吃一顆橘子的欲望。她不由得開心起來，開心呀。喔！真是開心。吃一顆橘子。不知道為什麼，她從未有過這種急迫的欲望。她要下床，很高興自己又成為了正常的女人，她一邊開心唱歌一邊走到儲藏室，就像一個蛻變後的全新女人。她甚至要走到院子，然後……

……她的回憶猛然中止。她想起她試著下床，自己卻不再是躺在床上，她的身體消失了，她心愛的十三本書不在那裡，她已經不再是她。此時此刻，她無形無體，飄浮著，在一片虛無之上遊蕩，接著變成一個沒有固定形狀的點，極為細小，沒有方向。她無法確切說出發生什麼事。她腦袋混沌昏沉。她感覺有個人把她從懸崖高處推下深淵。之後一片空白。但是此刻，她感覺不到任何反應，只覺得自己變成抽象的虛幻人物。她感覺自己變成無形無體的女人，她彷彿突然進入那個在高處的陌生世界，那裡只有純粹的靈體。

她再次充滿恐懼，可是這種恐懼又不同於前一刻的恐懼。這不是對「那個孩子」的哭泣感到的恐懼，這種恐懼是來自她的新世界是多麼古怪、神秘和陌生的恐懼。想想看，對她來說，這一切發生得是那樣不知不覺、無聲無息！要是母親回到家，發覺有什麼事發生，又該怎麼跟她解釋？她開始想著，當左鄰右舍打開她的房門，發現床鋪是空的，門鎖卻完整無缺，沒有人能夠進來和出去，而她不見蹤影，他們心中的警鈴聲必會大響。她想像母親在她房裡翻箱倒櫃地找她，臉上流露出絕望，她猜了又想，並問自己：「女兒到底發生什麼事？」這一幕彷彿歷歷在目。左鄰右舍前來幫忙，開始揣測她的失蹤，有些結論相當惡毒。每個人都以獨自的思考方式想像，每個人都嘗試找出最合理的解釋，或者至少是能夠接受的解釋，而她的母親絕望至極，沿著這棟大房子的走廊，聲聲呼喚她的名字。

而她就在那裡。她會親眼目睹這一刻，每個細節都不放過，從角落，從屋頂，從牆壁裂縫，從任何地方，從最有利的角度，以自己的無形無體做為掩護。想到這裡，她便開始感到不安。這一刻她發現了自己的錯誤，她根本無法解釋，也無法澄清，更不能安慰任何一個人。現在她沒有嘴巴，雙手——或許這是她僅止一次這麼需要它們，她無法讓所有人知道她在這裡，在她的角落，隔著無法跨越的距離，隔離在三度空間之外。她在新的人生裡與世隔絕，也完全無法捕捉知覺。但是每隔一陣子，她的體內會有個東西在震動，那股顫動竄遍她的全身，淹沒她整個人，要她知道在她的世界之外，還有另一個有形的宇宙正在運轉。她聽不見，看不到，但是知道那個聲音和那個景象的存在。而她在那裡，她在更高一層的世界，知道了自己被憂慮的氛圍圍繞。

她橫渡的時間不到一秒——這是依據我們世俗世界的時間計算出來的，因此現在剛要認識她的新世界的構造和特性。她的四周是絕然、徹底的黑暗。這片漆黑何時才會褪去？難道她必須永遠習慣這一片黑暗？她一知道自己身陷濃厚的黑霧之中，立刻就變得更加不安：難道她到了地獄的邊境？她不禁發起抖來，並開始回想所有曾聽過的、關於地獄邊境的描述。如果她真的在那裡，她的身邊應當飄浮著純潔的嬰孩靈魂，他們還來不及受洗就嚥下了最後一口氣，他們幾千年來都一直在死亡中慢慢地掙扎。她試著在周圍的漆黑中，尋找那些應該比她更加純潔、單純的嬰孩。他們完全隔絕在有形的世界之外，他們注定永遠飄蕩。說不定「那個孩子」一直尋找的，就是通往他身體的出口。

但不是這樣的。她為什麼會在地獄的邊境呢？難不成她已經死了？不，這只是一個狀態的改變，從有形世界橫渡到一個比較簡單和沒有那麼複雜的世界，在這個世界，所有的維度都不存在。

現在，她不必再受皮膚下的小蟲子折磨，她的美貌已經崩解。現在，她能在這樣單純化的狀態過得快樂。儘管……喔！她並不能完全過得快樂，因為此刻她無法實現最大的願望：不能吃一顆橘子。這是唯一還能讓她留戀第一段人生的理由。她希望能滿足在橫渡後依然想念酸溜溜滋味的迫切渴望，她試著找尋方向，想要到儲藏室，和感覺那伴隨橘子而來的清香和酸甜。就在這一刻，她發現這個世界的一種新型態：她能夠出現在屋子內的每一處，在院子裡，在屋頂上，在「那個孩子」長眠的橘子樹下。她再次感到不安。她無法控制自己，現在，她屈服在一種更高層次的意志，變成了無用、可笑的廢物。不知道為什麼，她開始哀傷起來，幾乎重新想念起她的美貌：她像個蠢蛋一樣白白糟蹋了的美貌。

不過，她的腦海閃過一個想法，於是她重新打起精神。她是不是曾聽說，純潔的靈體能夠滲進任何軀體的意志？無論如何，試試看總不會有所損失吧？她努力回想屋內有哪個人可以當作實驗對象。如果她真能做到，會非常開心：她能吃橘子。此時，僕人們都不在這裡，她的母親還沒到家，但是她需要吃顆橘子，再加上此刻她好奇是否能附身在一具不屬於她的軀體上，她亟欲盡快採取行動。但是她在這裡找不到任何可以附身的人，原因令人沮喪：屋內沒人。她必須與外界隔離，永遠活在她的無維度的世界，無福吃到生平的第一顆橘子。而這一切都起源於她所做的蠢事。或許她應該再繼續忍受幾年那副惡毒的美貌，而不是淪為永遠的廢物，像頭戰敗的母獸，但已經太遲了。

她沮喪極了，打算遠走他鄉，到一個宇宙的偏遠地區，到一個能夠忘記所有過去俗世欲望的地方。可是有個東西讓她突然打消念頭，並替她所在的陌生地區，打開了一個對未來更美好的保證。沒錯，她的確能在家裡借體重生：附身在貓的身上！接著她開始猶豫起來，對她來說，委屈自己活在一個動物軀體裡是很困難的。牠會有一身柔軟的白色毛髮，肌肉要能在跳躍時充滿豐沛的力量；到了夜裡，她能感覺眼睛像兩簇綠色火焰在漆黑中發亮；而且她會有一口白色的利牙，對著她的母親從心底發出真心的微笑，一抹大大的、美好的動物的微笑。但是，不可能！這是不可能的。

突然間，她想像自己鑽進貓的體內，再一次在自家的走廊上遛達，她踩著不聽使喚的四隻腳，那條尾巴隨意搖擺，毫無節奏，不聽從她的意志。這隻有對發亮的綠眼睛的動物，到底過著什麼樣的生活？夜裡，她會對著天空喵叫，希望夜幕不要灑下月光，落在「那個孩子」的臉上，因為他正仰躺著飲用露水。或許寄生在貓身上，她依然逃不過恐懼的襲擊；又或許，她張著肉食性動物的嘴巴，無論如何都吃不到橘子。從她靈魂深處湧出一股冷意，勾起了她的回憶。不行，她不能轉生在貓身上。她害怕有一天，她的上顎、喉嚨和所有四足動物的器官，會無法抵擋一股想吃老鼠的欲望。或許當她的靈體開始占據貓身之後，就再也不想吃橘子了，取而代之的是一股令人作嘔的、想吃老鼠的鮮明欲望。一想到捕完老鼠、口咬獵物的樣子，她就忍不住發抖。她甚至感覺老鼠幾次奮力掙脫，想逃回牠的巢穴。不行，怎麼可以。她寧願永遠待在這裡，在這個純潔的靈體所在的、遙遠和神秘的世界裡。

但要永遠活在遺忘中實在教人不甘心。為什麼她一定會出現想吃老鼠的欲望呢？到底是誰要女人和貓合而為一的？是動物身體的原始本能？還是女人純潔的意志會勝出？答案很清楚，非常清楚。不用害怕什麼。她會藉著貓轉生，然後吃掉她想要的橘子。此外，她會變成一個奇妙的生物，她會是貓，卻擁有美貌女人的智慧。她會再次成為目光焦點……就在這一刻，她第一次明白，身為一個形而上的女人，她的虛榮凌駕在她所有的特質之上。

她就像一隻提高警覺的昆蟲，聚精會神地在屋內每個角落尋找貓的蹤跡。這個時刻，牠應該會在爐灶上睡覺，醒來時嘴巴會咬著一根纈草。但是牠不在那裡。她再找一遍，可是找不到爐灶，廚房也跟之前不太一樣。她覺得屋子的每個角落變得非常陌生，再也不是原本那些布滿蜘蛛網的昏暗角落。到處都不見貓的蹤影。她找遍屋頂、樹上、水溝、床下和儲藏室。她對這一切感到不解。原先掛著先祖肖像的位置，她卻又找不到半幅，只看到一瓶裝著砒霜的罐子。接下來，她在屋內到處看到砒霜，但貓卻消失無蹤。屋子不再是之前的屋子。那麼她的物品呢？為什麼她心愛的十三本書現在覆蓋一層厚厚的砒霜？她想起院子裡的橘子樹。她開始尋找橘子樹，試著再次找到在滲水坑裡的「那個孩子」。但是橘子樹已不在原本的地點，而「那個孩子」只是一塊厚實的水泥塊下的一把粉狀砒霜。此刻，他真的永遠安息了。一切全然不同。屋子彌漫一股濃濃的砒霜氣味，彷彿從藥舖最深處飄來般，撞擊她的嗅覺。

就在這一刻，她恍然大悟，自從她想要吃那第一顆橘子的那天開始，已經過了三千年。

一九四七年

鐵匠該隱鑄造的一顆星

Tubal-Caín forja una estrella

他停下腳步，「他者」也停下了腳步。此刻，他已毫無疑問。過去幾天的凌晨，他不斷抵抗進入那個迷霧繚繞的漆黑世界，他使盡一生之力，就是要抵擋一股推他進去的、難以制止的力量。他知道要抵抗。他用力握緊拳頭，他的神智卻試圖從他的指縫間叛逃離去，追逐一幅已逝的過往場景，那幅場景和這個陰雨綿綿的冬季，交疊成一片死氣沉沉的悲涼景色。他曾經在那裡，在那片雨中，佇立著，彷彿雕像靜止不動，忍受著一陣冰雹割傷他的眼皮，他把這些影像深深烙印在腦海，這些影像既愉悅卻也苦澀，滿布了他的世界。但是他並不想重返那裡。儘管他嘗到嘴裡不斷湧現的苦味，像是冰冷的鹽巴，又像初生的苔蘚，他曾經相信，抵抗即使痛苦，卻是有效的。他揮去模糊的過往，緊接著又把僅剩的一丁點力氣，用在拉回叛逃的神智。然而，此時此刻他終於明白，奮力抗拒只是枉然。他的防衛徒然無功，他像頭敗退的野獸，像頭傷痕累累的狗兒，露出牠的犬齒，對抗恐懼的幽魂。他拖著寸斷的內臟，嚇跑不了一群耽溺享樂的烏鴉。他試圖藏身在童年的堡壘後面，他試圖從他的過往和現在之間挖掘一道滿是百合花的壕溝；但是他的抵抗只是徒然，這種徒然，就像他啃咬滿布蛆蟲的泥土，想要用舌頭嘗到一種溫暖的溼度，那是他母親的奶汁所沒有的。沒錯。此刻那個世界重回他的跟前，是那樣歷歷在目，栩栩如生。曾經，他以一股超越意志的力量力克死亡。現在，他就算不斷抵抗，卻明白最終還是會屈服。他感到乾渴。在黎明時分糾纏的模糊過往，宛如無法消除的乾渴，堵塞住他的喉嚨，推著他步向牆壁的泥灰；因為此刻，在這個決定性的凌晨，他得要面對剛剛停在他的背後的真相。這真是痛苦，他明白了他得親手阻止他自己的叛逃。在他內心的自己發抖了。他繼續保持不動，佇立在不得不停下腳步的那一小塊地面，他知道「他者」真的又回來了。他感覺脖子後面投射過來一束他早已熟悉的目光，如同石頭一般冷硬，但是此時此刻，他如坐針氈，因為那就像重重搥下的拳頭，逼得他身體發抖，雙腳發軟。「他者」就在那裡。毫無疑問，他在那裡等待他再次踏出腳步，好追著他，跟著他走過剛下過雨的街道。現在他不能移動：我得安靜站在這裡。我要像石像一般等待，就算停下的動作得要延長七個世紀之久。我寧願停在這裡自己變成鹽雕像，也不要像《聖經》上的女子回過頭去看。或許回過頭，我將與「他者」面對面；也許他正是在惶惶度日的這幾年一直跟蹤我的人。

此時此刻，他憋住呼吸，注意到「他者」也會呼吸。他之前從未注意。「你從沒注意？即使在他第一次出現，和接下來三年一直跟著你？」「沒有。但是此時此刻，在不安的包圍下，我全神貫注在我的背後，我可以感覺他緩慢、停頓、偶爾像是消失的呼吸聲，他發出的微弱呼吸，像是來自遠處其他人的肺部。但無論如何，任何人都可能認為那不過是正常的呼吸聲。若不是因為節奏緩慢而且帶著痛苦，或許不覺得有什麼怪異。」「或許『他者』是個有血有肉的人，是你的朋友，他會跟你發誓這只是個玩笑！」「不對。那是『他者』，我這麼篤定。是感覺脖子後面突然撲來一股溫熱的呼氣，任誰都不會錯認那股氣味，摻雜了酒精和藥物。只有我自己活生生的影子才可能發出那股氣味。」

恐懼像是金屬一般冰冷，竄上了他的背脊，現在他知道他會投降。寒顫從他的指甲竄出，彷彿乙醚揮發，沿著他的小腿肚爬上了大腿——他的大腿！往上爬過的部位開始發抖，不久他的雙腳、雙腿不再是原來的模樣，而是慢慢地僵成水泥。他那靈活有力的肢體，變成兩根混凝土柱子，兩棵鉛鑄的樹。而往上，在肚子的位置，那氣體逐漸變得尖銳而鋒利，甚至化作一副牙齒，狠狠地啃咬他，把他溫熱的心臟撕裂成兩半。他伸出顫抖的手，尋找一旁能夠支撐的牆壁；但是已經太遲。他已經丟失手臂，在那裡，在一個深不見底、沒有盡頭的空洞裡，他彷彿把手伸到那裡，想抓住死亡酸臭的嘴巴。此刻，思緒在他的腦袋裡胡亂飛舞。他無可避免地往下墜落，誰都阻止不了，就像有一隻冰冷、乾枯的手，把他推下一處懸崖。他隱隱約約感覺自己在其他時空，在被遺忘的不同時空，往淵底墜落。在這樣混亂的墜落中，他看見他各個年紀的回憶迅速掠過，那曾經屬於他的一幕幕，如今呈現在他眼前，更伴隨著令他心碎的全部真相，和那些難熬的失眠凌晨。他會沿著筆直的路線，墜落到那裡，到深淵的底部；那是一種陡降四百年的墜落。沒錯，是頭昏目眩。頭昏目眩又來了。「這種頭昏目眩怎麼稱呼？」「不記得。我不記得了，不要問我怎麼稱呼。現在不要跟我說話！讓我跟我的死亡獨處，跟那個我從十二年前嘗到的死亡，當時我步履蹣跚回到家，被高燒折磨得不成人形，被這個人造世界的溫暖氣息包圍，而這竟是我的世界。」「你的世界？」「對。就在這裡，安安靜靜地在我的口袋裡。」「閉上你的嘴！醒來吧！你沒看見那個可憐的傢伙哀傷欲絕，因為他那雙藍眼睛快破裂了？讓我們在這裡獨處吧，我們和我們的死亡，要吃掉這條腿。明天，我會恍若夢遊虛境，經過這邊的街巷，恍若飢腸轆轆的反叛動物，汲飲幾口凌晨的氣息；這種反叛，讓我不得不覺得自己長得俊美；而只有苦澀的黃色古柯鹼能讓人自覺俊美和孤獨。不。時間與空間……！」「是誰膽敢說出那兩個詞？難道沒發現我害怕聽到？」但不對，這兩個東西根本不存在。時間與空間！空間與時間……！這樣好了，倒反過來，我比較喜歡這樣子，倒反過來！「您在這裡找什麼鬼東西？您找不到的。您不可能找到頭昏目眩的感覺，因為我已經帶上床睡覺。可憐的傢伙。這種感覺在我的肚子裡筋疲力竭，所以我帶上床睡覺了。這是屬於我的頭昏目眩。現在，它在我的肚子裡，那雙藍眼睛不再閃爍。」「你別動！」「你的左邊臉頰怎麼了？」「不好意思，小姐，我忘了火柴。請再給我一根菸。謝謝。但您是不是那個樓梯間的女人？」「不對。我應該是在其他地方看過您。或者是吧……」「拿去吧，這是你過世的父親的肖像照。」「不要問候我父親了，他活在另一個世界。他是個又高又瘦的老頭，身影單薄，他的左邊臉頰有神經抽動問題。他有一雙專注的大眼。看看他，相片裡的他靠著牆壁。你沒看見？簡直栩栩如生！仔細看看他，你會看到肖像的左臉頰彷彿也在抽動。可憐的老傢伙！現在他在那下面受凍，身上爬滿蛆蟲，骨頭被啃噬，那咯吱聲響迴盪在死神的耳中。讓他安息吧，他的大腿依然留著那十四根鐵釘。他死的時候，就像基督，腿上釘著釘子，而午後在一旁以暮色為他哀悼。但此刻他正在長眠，頭昏目眩也跟著平息。這兩者就像親兄弟，害怕他們的藍眼睛破裂。下葬時，眼睛是朝上的。但是我忘了我正在跟您說話，卻不認識您。您不是那位樓梯間的女人？時間與空間。喔，您也知道那首歌呀！但是您怎麼會這麼說？」「空間與時間……」「這樣才對，我喜歡這兩個詞顛倒過來！」

現在的他已經不一樣了。片刻之前，在他的胸腔內狂跳的心臟已開始消失。一陣愉悅和平靜進入他的魂體，他感覺輕飄飄，失去重量，好似身體不再受地心引力的束縛。他忘了一切——此刻才想起來，「他者」在他的背後等待他邁開腳步。他寧願保持這樣，等待他的父親從照片的長眠中甦醒，然後開始失速般變大。就是這樣沒錯，當他的父親走下畫框時，若是俊美的容貌，他就會過來坐在他的床邊。他再次看著他，一如孩提時那樣偷偷打量他，看見他把針往大腿一扎，希望能讓睡意襲來。他的臉孔慢慢變回了土色，一種骯髒、灰白的顏色，他的身體在房間裡脹得巨大，外形千變萬化，接著交錯分裂，頂得屋頂不斷搖晃震動。這一刻，他目睹父親伸展肢體，推擠屋頂，撞得屋子搖搖欲墜，並感到一種為人子女的驕傲。這時，他的父親不再是原本的父親，伴著一聲痛苦的尖叫開始抽高、塑型，他成了一個高高聳立的人。他聽見父親用驚人的肺活量對著四面八方高唱，歌聲震得土裡的樹根不斷抖動，嚇得人類瞠目結舌，城市化作塵土，如同他拳頭一般高的教堂也被震倒了，漫天的鐘聲像是送來的禮物，他像個野孩子一樣歡天喜地。他的額頭越聳越高，嚇跑了鴿群，直衝暗下的高空，那片灰濛濛、混濁、黯淡的天空。在他那副無敵的肩膀上，巨大的羽翼正揮舞著，恍若一對駭人的蝙蝠羽翼。喔！他的父親是世界之王！在這片滿目瘡痍的荒地上，只剩他獨自一人，他滿懷悲傷，改造萬物，摧毀河流和海洋，他猶如神祇，而在洪災過後的第一個早晨，他忽然感到索然無味，並且越來越不滿意自己的作品。

但是這樣的膨脹只持續短短幾秒，他看著他開始萎縮。很快地，他會縮成一種小小的甚至迷你的生物，數量倍增，散布到房間內的每個角落；他縮成一種相同、類似和多變的形體，毫無秩序地亂跑，像是火中逃散的螞蟻。他喜歡觀看這樣一場可怕的場景，當他看見父親越來越多個，當他追著這樣的一支玩具軍隊，他感到一種真切的喜悅，一種不具理性的喜悅，軍隊之間彌漫著恐懼，他們聚集在各個角落，一雙雙不懷好意的小小的凸眼睛盯著他，他們互相推撞，數量越來越多，到最後完全占據了整個房間。

第一次，他手足無措，但是現在他已經熟悉這樣每天上演的畫面。他已經不再讚嘆父親占據每一處，在桌上，在床下，在書本上面，我驚慌地逃開捕鼠器。相反地：每天少了這樣的戲碼，他便無法活下去。當他抓到十個、十五個迷你人偶，把他們放在掌心，舉到眼前，他會像個大孩子般心滿意足。這樣最能把他們看清楚。他滿心歡喜，看著他們想保持平衡，以免掉到地上，臉孔還浮現出嚇壞的表情。他們一模一樣，完完全全一樣：臉色慘白，面露驚恐，和他的父親和後來的肖像照一樣左臉頰的神經會抽動。他們的大腿都發紫，扎滿深深的針孔，散發一股酒臭，一種夜間藥物的氣味。當他收起手指，握緊手掌，打算將他們捏死在拳頭中，看見他們不停發抖，他的心中是多麼滿意！當他看見他們以迅雷不及掩耳的速度，在家具之間奔跑，淹沒在魚缸裡面，被飢腸轆轆的魚群吞噬，真有種奇妙的感覺。在這個時候，他那數量倍增的父親，就像一群出沒各處的噁心老鼠。

此刻，他全都懂了。「他者」的返回，還帶來所有的厭惡感覺和痛苦經驗，即使經過重生，依然以不可逆轉的力量，把他推向難以忍受的發燒境地。他努力回想他何時第一次看見「他者」，無奈頭昏目眩依舊，蜿蜒而下，停停走走，抵達他的肚子。他如同痛苦掙扎的動物，奮力地想抓住一個想法，在大腦令人驚心的狂風暴雨中，抓住一根桅杆，但是所有的想法全都飛快地溜走，混在縱橫交錯的回憶漩渦中。他的腳下的世界猛然地崩落，繩索套緊他的喉嚨——再一次跟第一晚一樣。不。這一次不能失敗。「我的耳朵等著聽到頸椎斷裂的聲音。對，今天我想要聽到可怕的喀啦響。就是這樣。就是這樣……抱歉，您是那位樓梯間的女人吧？時間與空間。不。不是這樣。空間與時間……這樣沒錯！顛倒過來！太好了！現在沒有人會說我是膽小鬼，說我不敢在樹下上吊，讓繩索確確實實地拉斷我的脊椎。」「我們是大痲瘋君子！我們是同性戀！」「誰在我的背後說『那些話』？今天那個女人不會出現。她不會。她和她的樓梯到其他地方去了。明天會有人發現我像顆水果，懸吊在天花板，繩索勒斷了我的喉嚨。對，到那時我就可以說：時間與空間……？不對，是空間與時間！倒反過來是多麼美麗！我應該已經死了。我吊在那根繩索上已經好一陣子，在半空晃來蕩去。我已經感到發冷。天哪，我差不多已經開始腐爛。現在沒有人會出現，用那夢遊一般的合音在我的耳邊大吼：『我們是大麻癮君子……！』」他聽見外邊有人呼喚他的名字，聲音滿是憂慮，語氣帶著母親的溫柔，還有一雙強壯的臂膀重重敲打，把房間的牆壁震得搖晃。又是這樣！有人察覺騷動，左鄰右舍聚集在屋內。這一次，如同以往，所有的男人用力推倒門板，他們決心打倒死神。「我真是膽小！真是愚蠢！一切都是因為我的懦弱！因為我怕那圈冰冷，那圈金屬的冰冷抵著我的太陽穴半晌，原本要平息我腦中的風暴。但或許出於尊嚴吧，我希望當他們發現我的時候，我是滿頭鮮血撞在一面鏡子上；或許用槍擊火花來光耀死亡的氣味比較好吧。」

那一次，他開始注意到「他者」的存在。他想像他無所不在。「他者」躲在每個角落，在門的後面；「他者」窺探他的每個表情、每個動作。他看到「他者」躲躲藏藏的身影，和倉皇的奔逃。在飯廳裡，他看見「他者」在食物上撒落鴉片後逃走。他無所不在，跟他的父親一樣數量倍增，散布在家裡、在城市裡、在全世界。到了夜晚，他聽見「他者」氣喘吁吁，想要推倒牆壁，鑽進他的家裡，將他勒斃，在他的眼皮釘下熱燙的釘子，拿著燒紅的鐵器燙他的腳板。「不能，我今晚不能睡。『他者』會趁我睡著的機會，鏟倒門板，進來將我縫在床單上。我感覺他試圖把橘子樹的荊棘刺進我的指甲下的皮膚。我得自衛。我得釘死那扇門，加上兩片厚實的木板，以十字形釘上，讓他無法進來。我再從裡面加上大鎖。再一個。然後再一個。今天我要加上十二個大鎖。甚至上千個！我要在床的四周架設堡壘，和一條貨真價實的壕溝。」

「我要叫人在房間中央掛一個吊鐘。」「但是，你要上哪去找吊鐘？」「是誰在那個角落問我問題？是誰！一個吊鐘。一個吊鐘。一個吊鐘！為什麼這個『鐘』字聽起來像是很多個？我要上哪裡找吊鐘？小姐，我要買一個吊鐘。當『他者』要來勒斃我時，我就能感覺他的出現。賣給我一打吊鐘吧。但是，您是不是那位樓梯間的女人？一個吊鐘！多麼美妙的詞！小姐，能告訴我詞彙是什麼顏色嗎？詞彙會不會像鐘那樣破裂？您說什麼？我是瘋子？哎呀！一個……難道我瘋了？在時間和空間裡發瘋?!空間與時間……對！不但要倒反過來，還要寫大一點！」「但是您沒看見『他者』來了嗎？如果他向您問起樓梯間的女人，千萬別理他。」

但是那一天凌晨，就跟現在一樣，他終於感覺到「他者」具體的存在。在這樣的一天，凌晨當他回到家時，他有種被人尾隨在後的確定感。「他者」停下腳步，正如現在他也停下了腳步。一陣靜寂籠罩。沒有人打破這種發毛的無聲，這種陰森的死寂。他還得再走兩三個街區。這是平常從酒館回家的路。他每天凌晨都走這條路，從未提心吊膽，幾乎習慣成自然。但是此時此刻，他知道有人在他的背後停下來，不肯離去。他等待片刻，試著平緩混亂的呼吸，努力不去想浮現在腦海裡的那隻血跡斑斑的拳頭。他專注聽著所有動靜，他的耳力甚至能捕捉到別針掉落的聲音。遠處傳來某個時鐘凌晨三點的報時，那是三聲緩慢、拉長的鐘響，充滿希望，在他的耳中聽來，像是一個活生生的敲鐘人所敲下，想將他從他的恐懼中喚醒。「我居然感到恐懼！我感到恐懼。我曾經三次面對各式各樣的死亡，每次總能安然脫身！」他開始有所反應。「難道這不是我那雙超級靈敏的耳朵的幻覺？或者是我的神經系統所做出的可悲嘲弄？我得繼續往前走，我得再走兩個街區，克服那把我當作蠢小孩嚇楞的恐懼。」

結果他毅然決然，再次邁開了腳，只是步伐緩慢。「他者」也跟著邁開了腳。他感覺到路面響起清楚的腳步聲，那是兩聲踏地聲融為一聲，同時而一致。對，有人在跟蹤他。此時此刻，他感覺他跟之前不太一樣。此時此刻，他聽見他幾乎快碰到他的後背。有一股超自然的力量推著他，逼得他不得不拔腿在空無一人的街頭奔跑。接著他屏息，他靜止不動，呆站了好長一段時間。他不記得到底是多久，但是就在一團混亂的記憶中，有個東西讓他永生難忘：當他猛然轉過身體，和「他者」面對面時，一股冰冷吐在他的臉上。他所看見的，餘生都忘不了！

就是現在，繩索勒住了他的喉嚨，確確實實。他感覺到喀啦聲響，頸椎分離的恐怖斷裂聲。隔壁的公寓裡有人正在說著不知道什麼荒謬的事，有關樓梯間女人的事。而有個聲音開始不斷地呼喚他，彷彿從堵住的喉嚨底部傳來。那是個熟悉的、幾近友善的聲音；那是「他者」的聲音，而「他者」已在他發著高燒之際，消失在他昏昏沉沉的腦袋深處。而那一次，正如同此時此刻，他緊抓住死亡的邊緣不放，彷彿被擊倒在地的男人，彷彿鬥輸的狗。

一九四八年

死神的另一根肋骨

La otra costilla de la muerte

不知道為什麼，他從夢中驚醒。一股夾帶著紫羅蘭和福馬林的酸味，從另一個房間飄了過來，那彌漫開來的濃郁氣味，和清晨時分花園剛剛綻放的鮮花的芬芳混在一起。他試著清醒，重新打起在睡夢中突然萎靡的精神；應該已經破曉了，因為外邊果菜園傳來流水在蔬菜間的潺潺水聲，敞開的窗戶外已是天色泛青。他環顧昏暗的房間，想弄清楚怎麼會猛然驚醒。他非常確定，有人趁他睡著時進來。然而，他獨自一人，房門又是從裡面鎖上，看不出有任何撬開的痕跡。在窗戶上空有一顆閃耀的星子醒著。他安靜了一會兒，彷彿想舒緩那股將他拉出夢境的緊張情緒，他閉上眼睛，仰面躺著，開始尋回那條斷裂的理智線。他身上一波波奔竄的血液，在流經喉嚨處岔出，與此同時，在那胸口，他感覺心臟猛力地跳著，彷彿剛結束激烈的賽跑，刻劃了那樣清晰而飛快的節奏。他在內心默默回顧前幾分鐘腦中發生的事。或許他做了個怪異的夢。可能是惡夢。不。沒有什麼不尋常，「那個夢」沒有理由讓人驚醒。

他搭乘一輛火車（此刻我想起來了），途經一片靜物風景（我經常做這個夢），沿途淨是人造的假樹，用小刀、剪刀和其他不同的理髮工具完成的作品（現在我記起我應該要剪頭髮）。他經常做這個夢，但從未從夢中驚醒。他的弟弟就在一棵樹後面，那是他的孿生兄弟，這天下午下葬的弟弟，他的弟弟比手畫腳（我在現實生活遇過同樣畫面），要他下火車。他的弟弟以為他無法傳達來意，開始在火車的後面追跑，直到不支倒下，喘息不已，口吐白沫。這個夢有些荒誕、無理，可是就某方面來說還不到嚇醒人的地步。他再次閉上眼睛，兩邊的太陽穴還在怦怦跳動，血液像是握緊的拳頭般堅定竄升。火車鑽進一片貧瘠、不毛和荒蕪之地，他感到左腿一陣刺痛，轉開了對風景的注意。他發現中趾上有個腫塊（我不該再穿這雙緊繃的鞋子）。他彷彿很習慣這個腫塊的存在，自然而然地從口袋掏出一把螺絲起子，轉開腫塊的上蓋。他把上蓋小心翼翼地擺在一個藍色小盒子裡（在夢裡看得到顏色嗎？），他看見傷疤露出一條油膩膩的黃色細繩的一頭。他面不改色，彷彿早就預料到細繩會出現，他把繩子慢慢拉出來，動作小心而精準。這是一條長繩索，好長好長，就這麼出現，沒引起不適或疼痛。半晌，他抬起視線，看見車廂空無一人，而在火車的另一個車廂裡，只有他的弟弟孤零零一個，他做女人打扮，面對一面鏡子，拿著一把剪刀想挖出左邊的眼珠。

事實上，他不喜歡這個夢，但是他不了解自己怎麼會血脈僨張，在過往，即使是更加令人毛骨悚然的惡夢，他也能平心靜氣。他感到雙手冰冷。那股摻雜紫羅蘭和福馬林的氣味縈繞不去，變得難聞，甚至刺鼻。他閉上眼睛，試著平緩失控的呼吸，腦中搜索其他瑣事，再回到幾分鐘前中斷的睡夢。比方說，他可以想想再過三個小時，就得去葬儀社付清費用。角落裡，有一隻徹夜未眠的蟋蟀開始暖嗓，整個房間充滿牠尖銳、刺耳的鳴叫。緊張的氛圍開始擴散，步調緩慢但確實，他再一次注意到肌肉開始放鬆，他感覺自己躺在柔軟的厚實床墊上，一種喜悅卻又疲倦的甜蜜感，穿過輕飄飄、失去重力的身體，慢慢地，他不再感覺得到有形的軀殼、沉重的肉體，這個定義他的形體，把他清楚而準確地歸類在動物等級，靠著複雜的構造支撐體內的系統和幾何結構定義的器官，把他提升到智慧動物的獨霸地位。此刻，他的眼皮輕輕地蓋住眼睛，動作自然而然，一如雙手和雙腿也是自然結合成軀幹的四肢，慢慢地失去了自主性；彷彿所有器官變成一個完整的大型器官，而他——人類——剝除他凡人的本質，鑽進其他更深層更牢固的本質，鑽進一個完整而確實的夢那永恆的本質。他聽到了世界另一邊的蟋蟀鳴叫聲，逐漸消逝在他的感知範圍之外，他的感覺重新專注在自己身上，以一種全新的、對時間和空間的單純感知，沉潛到內心的最深處，抹去了那個真實和痛苦的有形世界，在那裡充滿了昆蟲和紫羅蘭與福馬林的酸味。

他渴望淡淡的寧靜氛圍，在這種氣氛的包圍下，他感覺平心靜氣，每日必經的假死狀態不再那麼沉重。他沉浸在一個美好的環境裡，在一種簡單易懂的理想世界中：這個世界恍若為孩童打造，沒有代數方程式，沒有愛情的生離死別，也沒有地心引力。

他無法確定，他在這個夢境與現實的境地，經過了多少時間；但是他突然間回過神，彷彿喉嚨被利刃劃了一刀，他在床上跳了一下，感覺到他的攣生弟弟，他死去的弟弟，正坐在床邊。

又來了，他的心臟跟之前一樣，像擠到嘴邊的拳頭，推著他跳起來。微露的曙光，依然磨著嗓子的蟋蟀，走調的手風琴的孤獨，從花園而來的新鮮空氣，這一切讓他重返真實世界；但是這一次他恍然大悟，明白了他的驚醒來自何處。一整夜下來（此刻我注意到了），和剛剛昏昏欲睡的短短幾分鐘，他一直相信他做的是一個寧靜、簡單的夢，沒有任何思緒，他的記憶停在一個看似一直轉換卻又不變的畫面；這個畫面是自主的，凌駕在他的思緒之上，無視於他的意志，阻擋了他的思緒，和思緒的反抗。沒錯。他幾乎沒察覺到「那個夢」慢慢占據了他、填滿了他、寄生在他的身上，變成一種布幕，躲在其他思緒後面，逐漸成為支柱，成為支撐他白天與夜晚的內心戲的大梁。他攣生弟弟的遺體是他這輩子最痛的刺。此時此刻，他被留在那裡，葬在那一小塊土地下，眼皮在雨滴的拍打下輕輕顫抖，他能感覺到他的恐懼。他一直不相信這個打擊這麼強烈。這一次，從半敞的窗戶飄進來的氣味，摻混了像潮溼泥土或浸溼的屍骨味，他聞起來卻覺得幸福，感到一種野蠻人的狂喜。他們一起度過那麼長時間，一直到他看見，他裹著床單扭成一團，像一條重傷的狗在嗥叫，咬住最後一聲堵在喉嚨的尖叫，他想用指甲撕碎那沿著背部爬到腫瘤根處的疼痛。他無法忘記，他像瀕臨垂死的動物張開他的下顎，他在面對眼前真相的不肯服輸，他執意要綑綁自己，這種不動搖的堅持，就像死亡本身那樣確實。他看著他一直到他在最後時刻的殘酷垂死掙扎。當他刮著牆壁的指甲開始斷裂，他人生的最後殘塊也在流血的指頭間剝落，而壞疽就像無情的女人，鑽進他身體的側邊。之後，他看見他倒臥在凌亂的床上，微露疲憊，無可奈何，滿身大汗，牙齒滿是白沫，笑起來恐怖、陰森，死亡彷彿一條灰燼滾滾的河流，開始沿著他的身體奔流。

我就是在這一刻，想著不再折磨他肚子裡的腫瘤。我想像那是圓的（此刻他也會有同感），腫脹的模樣像內心的太陽，而那難以忍受的感覺，就像是一條金黃色的昆蟲，往腸胃的深處探去牠黏稠的觸腳（他感覺腸胃失調了，就像在面臨緊急的生理需要那樣）。或許我也長過跟他一樣的腫瘤。

一開始，可能只是小小一顆，但是在我的肚子裡成長、分裂和茁壯，就像一顆卵子。或許我能感受到它的動靜吧，當它發著孩子的脾氣，夢遊似地往前而去，穿越我的腸胃，盲目地（他雙手捧著肚子阻擋刺痛）、迫切地，將手伸向暗處，尋找溫暖的母體，那永遠都不該去找的子宮；他那些如同想像動物的百足，慢慢地和一條長長的黃色臍帶纏在一起。沒錯。或許我（還有肚子！），就像我剛死去不久的弟弟，在腸胃的深處有顆腫瘤。此刻，從花園飄進來的氣味更加濃烈，包覆著一股令人厭惡的噁臭。時間似乎在接近黎明時刻靜止，明亮的星子似乎凝結在玻璃上，此時在隔壁的房間裡，也就是前一夜遺體停放的地點，繼續飄來強烈的福馬林氣味。這種氣味確實與花園來的氣味不同。這種氣味比起不同花朵混合的花香還要獨特，還要讓人忐忑不安。大家都知道，這種氣味總是跟屍體有所聯想。這種氣味冰冷刺鼻，讓他想起圓形露天劇場的甲醛氣味。他想著實驗室，他想起泡在酒精裡保存的臟器，想著那些製成標本的鳥禽。一隻浸泡過福馬林的兔子，皮肉變硬、脫水，失去原有的彈性和柔軟，變成一隻長長久久定格在永恆的兔子。甲醛。那股氣味到底從何而來？那是防止腐爛的不二方法。如果我們人類的血管含有福馬林，那麼我們就是泡在酒精溶液裡的解剖標本。

他聽見外面傳來逐漸增強的雨聲，雨水敲打著半敞的窗戶玻璃。一股涼爽、愉快和清新的空氣湧進來，夾帶著厚重的溼氣。他的雙手越來越冰冷，他感覺到血管內出現福馬林，彷彿院子裡的溼氣也鑽進了他的骨頭。他有些怏怏不樂，想著往後的冬天夜晚，雨水將浸透青草，溼氣將在他弟弟的身上沉睡，凝結成一道水流流經他的全身。他感覺，往生者都需要另一種心血管系統，幫他們加速奔向另一個無可救藥的最終死亡。這一刻，他希望別再下雨，希望永遠都是夏天。他想著，他不喜歡這種雨水打在玻璃上的滴滴答答聲。他希望墓園的泥土是乾的，永遠都能是乾的，他忐忑不安，想著十五天過後，溼氣將深深侵入他的骨髓，那個在地底下的人再也不是另一個他，另一個跟他長得一模一樣的人。

對。他們是雙胞胎，長得一模一樣，沒有人能在第一眼分辨出他們。

之前，當他們兩個過著各自的生活，他們只是單純分開來的孿生兄弟，就像兩個不同的人。他們在精神層面並沒有交集。但是現在，當這個無法改變的殘酷事實，像是一隻軟體動物爬上了他的後背：他身上的某個東西瓦解了，像是破了一個洞那樣突兀，像是他的側身裂開一座深淵，或者，像是他的身體被一把斧頭猛然劈成兩半；但那具身體，並不是他這具結構相同和完美符合幾何定義的身體，不是他這具在此刻滿懷恐懼的身體，而是另一具不同於他的身體，那具身體曾跟他一起泡在母親肚中漆黑的羊水裡，跟他一樣血緣能追溯到某個古老血統的支系；跟他一樣來自四對曾祖父輩的血脈，來自從前，來自世界的初始，以他的重量，和他不可思議的存在，支撐宇宙的平衡。或許，他帶有以撒和利百加的血緣，他的弟弟緊跟在他後面出生，而他們的血經過一代又一代，一夜復一夜，一個吻接著一個吻，一個愛接著一個愛，經由血管而下，然後通過睪丸，像是一趟夜間旅行，最後抵達了剛成為他的母親的子宮。這趟從先祖延續下來的神秘旅程，形塑了痛苦和真實的他，此刻這種完整與平衡的狀態已確實被破壞。他知道，他的自我和諧與他日常的整體性，已經缺少了某樣東西：雅各已經脫離了他，怎麼也不可能挽回！

在他弟弟生病的那些日子，他並沒有這種感覺，因為他飽受發燒和疼痛折磨，掛著一張病容，後來凹陷、變形，還長了鬍子，跟他的長相已截然不同。但是當他弟弟真正斷了氣，僵直不動地躺著，他叫來一位理髮師「整理」遺體。他靠著牆壁，在現場等著理髮師到來，那男人一身白色打扮，帶著一套乾淨的工作器具。他展現大師的熟練動作，在死者的鬍子塗上泡沫（他口吐白沫──這是我在他臨終前看到的模樣），然後慢慢地，彷彿要揭開什麼驚天動地的秘密，他開始刮鬍子。就是在這一刻，他的腦中浮現「那個」可怕的想法。而隨著一刀刀落下，他的雙胞胎弟弟逐漸露出那張蒼白甚至接近泥灰的臉孔，而他慢慢感覺，他對那具屍體並不感到陌生，那是依照他的肉體打造，是他的複製品。他有種怪異的感覺，彷彿他的親戚從鏡子裡取出他的倒影，那個他在刮鬍子時在鏡面看到的倒影。此時此刻，那個回應他所有一舉一動的倒影變成一個獨立個體。他看過那個倒影每天早晨自己在刮鬍子。但是此刻，他經歷了不可思議的經驗，有另一個男人正在替他的鏡子倒影刮除鬍子，而忽略他這個在場的實體。他確定，他有把握，如果他在這一刻靠近一面鏡子，可能會發現自己一身白色，儘管科學沒辦法對這個現象提出精確解釋。這是靈魂投射的感應！他的複製品是一具屍體！他感到絕望，試著做出反應，他觸摸穩固的牆壁，從觸覺感到一種安全感。理髮師完成他的工作，拿剪刀的尖端蓋上遺體的眼皮。夜幕降臨，他陷在那具已切割的身體帶來的無可救藥的孤獨中，內心不由得發抖起來。他們是如此相似。他們是同個模子刻出來的兩兄弟，這般的毫無二致，令人不安。

就在這一刻，當他發現他們是緊密相連的兩個生物，他意識到某件不太尋常、出乎意料的事將要發生。他想像，這兩具身體的獨立存在，在空間中是不爭的事實，但其實他們是完全一體的生物。或許，當死亡的弟弟開始出現有機體分解，他這個還活著的人也會開始在他生氣蓬勃的世界跟著腐爛。

他聽見打在玻璃上的雨勢更大了，突然間，公雞開始扯開嗓子啼叫。此刻，他的雙手是那樣冰冷，這種不屬於人類的冰冷久久不散。濃烈福馬林的氣味，讓他不禁想著，他那個在另一個世界的弟弟，正從冰冷的地穴告訴他，可能是他正在腐爛。這真是太荒謬了！或許情況是相反的：是他這個還活著、精力充沛、細胞充滿生命力的人，掌握情況！或許在這一刻，他跟他的弟弟都完整無缺，他們維持了生與死之間的平衡，阻止腐爛的開始。但是誰能肯定呢？說不定，他已經下葬的弟弟還屍首完整，而腐爛卻像毒性強烈的藍環章魚襲向了他？

他想著，他最後的假設最有可能，於是他認命，等待他的可怕時辰到來。他的身體開始放鬆變軟，他相信他感覺到一種藍色的物質包住他全身。他往下聞了聞自己的體味，聞到的卻只有隔壁房間的福馬林，那氣味搔動他的鼻腔薄膜，引起一陣猛力的冷顫。接下來，他再也不去擔心任何事。蟋蟀在角落再一次鳴唱，與此同時，一顆碩大完美的水滴，開始滲進房間中央的假天花板。他聽見滴水聲，一點也不感驚訝，因為他知道那裡的木頭已經老舊，但是他相信那是一顆新鮮和友善的水滴，來自天上，來自更美好的人生，那種人生比較值得驕傲，比較少愚蠢的事件，比如愛情，或者消化和解便秘藥。或許那顆水滴會在一個小時內淹沒房間，或者在一千年內溶解那具凡人的軀殼，或許——為什麼不呢？——那具空皮囊頃刻之間就會化為一團混合蛋白質和漿液的黏稠物。目前一切如舊。他跟他的墳墓之間只差死亡，他無奈接受，聆聽那碩大、沉重、完整的雨滴，打落在另一個世界，在理性動物的那個充滿錯誤和荒謬的世界。

一九四八年

鏡子的對話

Diálogo del espejo

前面那一篇的男人，在熟睡了長長的一覺之後，已經拋開破曉之際的憂愁和不安，當他甦醒時，天空豔陽高照，城市的喧囂闖進房門半敞的房間，充斥在整個空氣中。若不是已轉換心情，他應該還在牽掛他對死亡的深深憂慮，他深刻的恐懼，他的弟弟舌頭底下的泥塊——他化作的塵土。但是花園裡陽光燦爛，令人感到喜悅，把他的目光吸引到另一種較為尋常的世俗生活，也許這種生活不比他的內心世界真實。他是個普通人，過著尋常動物的生活，他想起除了他的神經系統和脆弱的肝臟之外，他怎麼都無法高枕無憂。他想著辦公室拗口的金錢數字和財務難題，對了，這是有點中產階級的算法。

八點十二分。我絕對會遲到。他舉起手指，指腹拂過下巴，再摸往臉頰。皮膚是粗糙的，布滿剛剛冒出的鬍髭，他感覺粗硬的毛髮像是天線。接著，他微微張開手掌，觸摸表情出神的臉孔，他小心翼翼，帶著熟知腫瘤細胞核的外科醫生的那種冷靜，知道不容置疑的事實就在柔軟的皮膚底下，偶爾，這個事實能淡化他的憂慮。在那兒，就在那指腹底下——指腹之後是一根挨著一根的骨頭，在不可改變的骨骼結構的覆蓋下是一種組合秩序，一個擁擠的組織和微世界的宇宙，這一切撐起他，撐起他的軀體，一直撐到一個高度，但比起他那身骨頭最終呈現的、最自然的姿勢，這個暫時的高度不會維持太久。

對。他靠在枕頭上，頭陷在一片軟綿中，身體呈現內臟器官休息的躺姿，這種水平體感的生活，更接近他來到世界的最初日子。他知道，只要花一點力氣閉上眼皮，那些等他去做的、長時間的累人工作就會變得輕鬆，擺脫時間或空間的束縛，體內的化學變化，只會引起一丁點耗損。完全閉上眼皮後，反而能完全節省生命能量，絕對不會損及器官。當優游夢境，他的身體能夠移動、生活，朝其他生存方式進化，如果在真實世界，滿足他的個人需求要消耗強烈的情緒——還不到最強烈，而那些生存方式，能完全滿足活著的需求，又不會耗損他的身體。因此，和生物與物品共存，比在真實世界輕鬆多了。刮鬍子、搭公車、解決辦公室問題，在他的夢中比較簡單，不那麼複雜，最後，還能帶給他內在的滿足。

那好吧。就刻意打造這種方式，而他正在這麼做：在通亮的房間裡尋找鏡子的方向。這一刻，若不是有個低沉、粗暴和荒謬的引擎聲撕碎他剛開始的溫暖夢境，他會繼續下去。現在，他回到尋常世界，他的問題再一次重拾現實的面貌。然而，他剛剛得到如何安逸度日的靈感，也理解這個有趣的理論，他從內心感到嘴角擴向兩邊，這個表情應該是一抹不由自主的微笑。他心煩意亂（事實上他還是繼續微笑）。「如果我要在二十分鐘後在那堆書本前面，現在就應該要刮鬍子。洗澡要花八分鐘，快一點要五分鐘，吃早餐要七分鐘。馬貝爾雜貨鋪難吃的陳年臘腸、麵包捲、藥物、烈酒，這就像是一個我忘了怎麼說的盒子。每個禮拜二公車會拋錨，遲到七分鐘。潘德拉盒子。不對：潘爾朵拉盒子吧。不是。一共半個小時。沒時間了。我忘記那個字眼怎麼說，一個裝滿各種東西的盒子。潘佐拉盒子。是『潘』開頭沒錯。」

他穿著睡袍，杵在洗手臺前，一臉睡眼惺忪，頭髮凌亂，鬍子沒刮，鏡子裡的倒影投來一記乏味的眼神。他感到一陣輕輕的驚嚇，一絲冷意，他從倒影發現他死去的弟弟剛起床的模樣。一樣疲憊的臉孔，一樣還沒完全清醒的眼神。

他換了一個動作，如同明燈指引鏡中露出愉快的表情，但事與願違，在指引下同時間反射回來的，卻是令人作嘔的扭曲表情。扭開水。熱水急湧而出，繚繞的白色厚重熱氣隔開了他與鏡面。他利用這個空檔加快動作，趕上他的時間，也趕上鏡中的時間。

皮革板上響起磨刀霍霍的冰冷金屬聲；熱氣已經散去，還給他另一張臉孔，那張臉上的迷惑，像是遇上物理學難題和數學運算規則，而幾何學在這兩個領域尋找新的體積求算法，和光的確實形狀。那張臉孔，就在那裡，在他的面前，跟他有同樣的脈搏和心跳，對著水氣凝結後留下溼氣的鏡子另外一頭，同時變換表情，換上摻雜微笑和嘲諷的嚴肅表情。

他露出微笑（他也露出微笑）。他對鏡中的自己吐舌頭（他也對現實的自己吐舌頭）。鏡中人的舌頭是黏答答的、黃黃的：「你的胃不好。」他面露嘲弄，做出診斷（只用表情，沒說出來）。他再次露出微笑（他也再次露出微笑），但這一刻，他從鏡中送回的微笑，觀察到某樣愚蠢、做作和虛假的東西。他抬起右手（他用左手）順了順頭髮（他也順了順頭髮），再立刻回以羞愧的眼神（然後收回）。他對自己在鏡子前像頭蠢豬擠眉弄眼感到不解。這時他更加怒氣翻騰，他相信每個人都是蠢豬，他只不過是在向粗俗獻上致意。八點十七分。

他知道如果不想被公司炒魷魚，現在就必須加快動作。早在某個時間點，那間公司已經變成他每日葬禮的出發地點。

香皂一碰到刮鬍刷，立刻堆出蓬鬆的青色泡沫，一掃他的憂慮。在這一刻，香皂泡沫彷彿爬上了他的身體，沿著他的血管脈絡而去，幫助他整個生命體的運作……就這樣，他回到現實世界，他感覺比較自在，於是他在位居主教的大腦中尋找，那個他拿來比較馬貝爾雜貨鋪的字眼，潘爾朵拉。或者馬貝爾雜貨店。潘勒朵拉。或者肉舖或藥局。或者全部都是：潘德拉。

香皂上已經堆出足夠的泡沫。可是他停不下來，不斷揮動刮鬍刷。這堆泡泡像是童趣的一幕，像是廉價的烈酒，又濃又烈，博得他的歡心，給他一種大孩子的單純喜悅。這時他再一次搜尋發音，或許這次的奮力，足以讓那個字眼瓜熟蒂落；雖然記憶難以捉摸，他卻能藉此從濃稠、混濁的水中浮上水面。但一如剛剛幾次，那些來自相同的、在大腦游離的破碎片段無法精確拼湊起來一樣，這次也無法得到一個完整的結構，所以他打算永遠放棄那個字眼：潘德拉！

時間到了，該要放棄徒勞無功的回想，因為（他們倆同時抬起頭，視線相遇）他的孿生弟弟左手拿著刮鬍刷（他用右手模仿他），開始塗抹清涼的青色泡沫，動作輕柔而精準，塗滿稜角分明的下巴。他別開視線，瞥見幾何形狀的指針，堅持以一種新的定理傳達憂慮：八點十八分。他的動作非常慢。因此，他決心快速完成，他緊握著皮革小刀，順著小指的移動。

他估算，再過三分鐘就能完成，他抬起右手（左手）到耳朵高度，這時他也觀察到，再也沒有比鏡中倒影刮鬍子更吃力的方式。從這裡，他開始一串錯綜複雜的計算，因為他想了解光速，這種他所重複的每一個去返的動作，「幾乎」在同時間完成的速度。但是他體內的審美家角色，在以所能理解的方均根大概速率奮戰後，終於打敗數學家角色，藝術家的思緒跟隨刀片移動，刀面在燈光的不同角度照射下發出綠、藍和白色亮光。此刻他的數學家和藝術家角色和平相處，很快地，刀鋒沿著右邊臉頰（左邊臉頰）而下，直到嘴脣的子午線，他滿意地觀察，倒影的左邊臉頰在泡沫刮除後露出一片淨地。

他還沒甩乾剃刀，就聞到廚房飄來了一陣煙霧，充滿燉肉的酸味。他感覺到舌下顫抖，絲絲唾液湧流而出，充滿他的口腔，那是濃郁的、熱呼呼的奶油香。燉腰花。終於，馬貝爾那間破爛的店鋪有了不一樣的東西。潘德拉。也不是這個字眼。他聽見唾液在醬汁香氣間炸開的顫動，那聲響喚起他對雨聲捶打的回憶，其實那正是天剛破曉時的雨勢。因此，他不能忘記穿戴雨鞋和雨衣。醬汁燉腰花。一定是這道菜沒錯。

他認為，他的所有感官就屬嗅覺最不可靠。但是，他的五種感官和這種愉快的心情，不過是他的腦垂體樂觀的表現，這一刻，他最需要的還是快點結束五種感官的緊急需求。他一個精準俐落的動作（數學家和藝術家露齒而笑），剃刀往上爬去，從前面（後面）到後面（前面），直到左邊（右邊）嘴角，與此同時左手（右手）先撫平皮膚，再以金屬刀鋒刮過，從前面（後面）到後面（前面），從上面（上面）到下面，最後（兩人都氣喘吁吁）同時完成工作。

但結束時，他舉起右手，替左邊臉頰做最後修飾，看見了手肘碰觸到鏡面。他看見他的手肘變得巨大、怪異、陌生，無論如何，他膽戰心驚地觀察到，另外那雙同樣巨大和陌生的眼睛，正瞪大著眼睛尋找剃刀的方向。有個人想要勒昏我的弟弟。有隻孔武有力的手臂。流血了！每次刮得急急忙忙就會出這種錯。

他在自己臉上尋找流血的位置，但是他的手指乾淨無比，再怎麼摸也摸不到。他嚇一跳。他的皮膚沒有感覺到熱流或發現傷口，但是在鏡子裡，另一個他卻輕微滲血。他的內心開始再次煩躁，浮現了前一晚的不安。此刻面對鏡子，他又有了那種分裂的感覺。但是現在輪到下巴（圓潤的——

一張和他一模一樣的臉孔)。那撮長在梨渦上的毛髮需要一把尖頭小刀。

他相信，他發現自己的倒影，那忙亂的表情正罩著一朵不知所措的黑雲。難道說，因為急急忙忙刮鬍子(他內心的數學家角色完全主宰了情勢)，光速漏了拍，沒跟上所有的動作？還是說，是他在急忙之中，搶先了鏡中倒影一步，比他先刮完了鬍子？或是說(藝術家角色在短促爭奪後，終於擊退數學家角色)，鏡中人有了自己的生命，他活在比較簡單的時間當中，決定比鏡外的真身動作慢一點，想盡可能從容地完成工作？

他忐忑不安，扭開了水龍頭，感覺熱水冒出厚重又溫熱的氣體，他把流出的水潑在臉上，耳朵充滿一種像喉嚨發出的聲音。他把剛剛洗過的毛巾擦在臉上，輕柔的觸感深深滿足了他這樣愛乾淨的動物。潘朵拉！就是這個字眼！

他訝異地看著毛巾，闔上眼睛，不知所措。與此同時，鏡中那張跟他長得一模一樣的臉，正睜著一雙愚蠢的大眼睛望著他，那張臉上有道紫紅色的細痕。

他睜開眼睛並微笑（他也微笑）。他已經什麼都不在乎。馬貝爾的雜貨舖是一個潘朵拉盒子！

此刻，他的鼻子聞到了燉腰子的香味，溫熱的香氣急忙地送上了一頓嗅覺的美饌。他感到滿足——一種確實的滿足，在他的內心深處有隻大狗搖起了尾巴。

一九四九年

三個夢遊者的苦悶

Amargura para tres sonámbulos

現在，我們把她留在那裡，遺棄在屋內的一個角落。我們把她的東西拿來之前——沾染剛砍下的木頭氣味的衣服，和輕得不會在泥地留下腳印的鞋子，有人告訴我們，她無法適應那種慢步調的生活，沒有半點甜蜜，沒有絲毫樂趣，只有一直緊跟在她背後的絕對孤獨。有人告訴我們——我們很久以後才想起這件事，她也曾有過童年。或許我們那時不相信。但此時此刻，我們看著她坐在角落，睜著一雙惶恐的眼睛，舉起一根手指擱在嘴脣上，或許我們接受了她曾有過的童年，她曾經能夠輕易感覺到即將下雨的清新空氣，她總是忍受她的身形像飄忽的影子。

那天下午，我們相信了這一切，和其他更多的事，我們發現了儘管她來自可怕的社會底層，卻是個完整的人。我們會知道，是她突然間開始哭天搶地，彷彿對玻璃破裂感到內心有愧；她開始喊我們每一個人的名字，哭哭啼啼說著，直到我們坐到她的身邊；我們一起唱歌和拍手，彷彿我們的喧鬧，能牢牢拼好那散落一地的玻璃碎片。在這一刻，我們才相信她真的有過童年。她的叫喊像是一種神蹟，其中包含了許多記憶中的樹木和深沉的河流，她起身，微微往前俯身，還沒拿圍裙遮臉，還沒擤鼻涕，還噙著眼淚，就對我們說：「我再也不笑了。」

我們三個人走出去，到了外面的庭院，或許我們都相信彼此正想著同樣的事情，所以都沉默不語。或許我們想的都是，最好別打開屋裡的燈。她希望獨處——也許吧，她坐在陰暗的角落裡，最後一次編辮子，那似乎是唯一沒有跟著她一起淪為野獸的東西。

我們在外面的院子裡，坐下來想著她，四周圍繞著一群密密麻麻的蚊蟲。我們也曾做過這種事。可以說，我們做的是日常的例行之事。然而，這天晚上不太一樣：她說她再也不笑了，我們非常了解她，所以確定惡夢已經成為了事實。我們圍成三角形坐著，想像在屋內的她神遊他方，甚至聽不見數不清的時鐘的聲音，就這麼隨著時鐘清楚而細密的節奏慢慢化成了灰燼。「如果我們能拿出一丁點膽量咒她死就好了。」我們同時這樣想著。但我們希望，如果她是醜陋而冷漠的，或許能稍稍安慰我們隱瞞了自己的缺點。

我們早已成年，而且是很久以前。然而，她是我們家裡最年長的人。這一天晚上，她原本可以跟我們坐在這裡，看著輕柔閃爍的繁星，身邊圍繞著健康的兒女。如果她能當個有錢人的妻子，或某個信守承諾男人的情婦，她應該會是這個家裡令人尊敬的長輩。但是她習慣了單純的一維空間，喜歡過直線一般的生活，或許是不想讓人窺見她的壞習慣或美德。我們從許多年前就知道一切。即使有一天早上，我們在起床後發現她趴在院子裡，神情自若地啃咬泥土，也沒有感到一點驚訝。有人告訴我們，她已經死了；她從二樓窗戶墜落到院子堅硬的黏土地面，就這樣僵直地、硬邦邦的趴在那裡，在那片潮溼的泥地上。但後來我們才知道，她身上唯一還完整的是對疏離的恐懼，她天生就懼怕面對空虛。我們抬起她的肩膀。她不像我們一開始以為的那樣僵硬。相反地，她放鬆了緊繃的神經，全身軟綿綿，像是死後還沒開始僵硬的溫熱屍體。

我們讓她在陽光下仰躺著，像是把她放在一面鏡子前，她睜著眼睛，嘴巴沾滿泥巴，那滋味應該就像墳堆上的土吧。她盯著我們每一個人，端著一張看不出性別的哀傷表情，當我們把她抱在懷中，才發現她已經神智不清。就在這一刻，她笑了，回過神看我們，接著一直掛著笑容，這種冰冷安靜的笑容，只在夜間醒著在屋裡遊蕩時會出現。她說她不知道她是怎麼到院子的。她說她感覺好熱，她聽見一隻蟋蟀發出刺耳並尖銳的鳴叫，那蟲鳴似乎要推倒她的房間牆壁——她是這麼說的，她說她把臉頰緊貼在水泥地面時，想起了所有的禮拜天禱告文。

然而，我們知道她根本想不起半句祈禱文，接著我們發現她喪失了時間感，因為她說她靠著房間的牆壁睡覺，蟋蟀從外面推牆，以及她完全睡著後，有人抬起了她的肩膀，搬開了牆，讓她在陽光下仰躺著。

那天晚上，我們坐在院子裡，明白了她不會再笑。我們對她面無表情的嚴肅、甘願蜷縮在黑暗的角落度日，或許已預先感到心痛，而且心如刀割，一如那一天，我們看到她坐在現在的角落，聽見她說她再也不會在屋裡遊蕩。一開始我們不相信她的話。我們看到她不分時辰在各個房間遊蕩，已經好幾個月，她帶著執念，垮著肩膀，不肯停下腳步，不見絲毫疲累。

夜裡，我們聽見她在漆黑中從一頭走到另外一頭，身體發出刺耳的窸窸窣窣聲，或許有非常多次，我們醒著躺在床上，聽見她無聲無息的腳步，豎著耳朵跟著她走遍整間屋子。有一次，她對我們說，她在鏡中的月亮看見蟋蟀，就沉在那輪透亮的深處，她還穿過鏡面去追牠。說真的，我們不知道她究竟想跟我們說什麼，但是我們確定她的衣服溼透了，貼在身上，就像剛剛從池塘上來。我們沒打算弄清楚，最後我們決定消滅屋子裡的昆蟲，除去引誘她中蠱的東西。

我們派人打掃牆壁：叫人砍掉院子裡的灌木叢，彷彿把干擾夜晚寂靜的細碎垃圾都清除一空。可是我們的確不再聽見她遊蕩，不再聽到她提起蟋蟀，直到那天，在一天的最後一頓飯後，她在水泥地上坐下來，眼睛盯著我們看，對我們說：「我要一直坐在這裡。」我們忍不住發抖，因為我們可以看見，她已經開始變成一種接近死亡的東西。

這已經是非常久以前的事了，久到我們習慣看見她坐在那裡，拖著一條總是編到一半的辮子，她彷彿沉溺在她的孤獨裡，儘管人還在，卻喪失了清醒的能力。因此，現在我們知道她再也不笑了；因為她曾用肯定的口吻說過這句話，如同她也說過不會再遊蕩。彷彿我們也相當篤定不久之後她會告訴我們：「我再也不想看見。」或者可能說：「我再也不想聽見。」我們知道她確實是個人，卻決意逐步放棄維持生命的功能，然後又不由自主地慢慢放棄感官功能，直到有一天，我們將會發現她靠在牆壁上，就像這輩子第一次睡著。或許到這一步還需要很久的時間，但是我們三個坐在院子裡，希望那一晚到來時，能聽見她突然發出淒厲的叫聲，那彷彿碎玻璃般的聲音，起碼能讓我們想像屋內有個孩子誕生了，甚至相信是她重生了。

一九四九年

關於拿塔那內爾的登門拜訪

De cómo Natanael hace una visita

來自四面的風在街角交會。在交會點上，有一條灰色領帶往東邊拍打了一會兒，接著偏離方向（被另一道風吹開）；領帶往兩頭相反的方向交替拍打，接著安靜下來，在風勢均力敵的位置停住。拿塔那內爾抓住領帶，摸索著整理領帶結，他感覺這條領帶彷彿是活生生的。或許這正是他下決心的原因。或許，當他感覺到脖子的領帶扯動，孤零零地，彷彿有自主力量，他心想，連領帶都甘願冒險，他在幾分鐘前卻還在害怕風險。他從高處往下看，瞅著他那雙骯髒的鞋，心想：「或許這就是我畏縮的原因吧。」因為他的鞋子狀態不佳。

他走到半個街區外的擦鞋攤。他點燃一根菸，擦鞋少年一邊吹著輕快的流行曲子，一邊準備所有的工具，開始替他擦鞋。他低下頭，看見一盒紅色鞋油。他看見抹布整齊地疊在擦鞋少年的大腿上。他看見兩把刷子，一把沾染紅色鞋油，另一把應該是黑色鞋油用的。當少年拿起半個橘子抹溼左腳的鞋尖，拿塔那內爾感覺腳趾有股涼涼的酸氣，幾乎同一時間，嘴裡嘗到了橘子味，一絲絲的唾液讓口腔充滿甜蜜的汁液。就好像擦鞋少年拿起橘子，不是擦在他的鞋子上，而是他的舌頭上。少年敲了一下鞋油盒，他馬上機械式地在檯子上換了腳。

直到這一刻（當他嘴巴裡最後一絲被擠乾的橘子芳香消失），拿塔那內爾才看清楚少年的臉孔。「他看起來年紀很輕。」他心想，至少近距離看起來是如此。接下來的短短幾秒，他繼續看著擦鞋少年幹活的模樣。突然間（當橘子芳香消失得無影無蹤），拿塔那內爾開口了。他說：「您還是單身吧？」

少年沒有抬起頭。他依然低著頭，替右腳的鞋子上紅色鞋油。上完之後，他回答：

「看情形。」

「看什麼情形？」拿塔那內爾問。

「這要看您對單身的理解。」擦鞋少年回答，依然沒抬頭。

拿塔那內爾吸了一口菸。他往前俯身，把手肘撐在膝蓋上。「我的意思是，您是不是娶老婆了。」

「那是另一碼事了。」少年回答。接著他拿起刷子背面敲打鞋油盒一下，示意再一次換腳。

「如果這樣問，那我算是單身。」他說。

拿塔那內爾再一次抬起左腳到檯子上。擦鞋少年一臉漠然，又吹起剛剛被問題打斷的流行曲。接著，拿塔那內爾在椅子上伸展身體半晌，頭往後仰去，吸了最後一口菸，但沒拿下菸，再一次把手肘撐在膝蓋上。煙霧繚繞，他不得不閉上一隻眼睛。他嘴含著菸，再問了一個問題，但連他也聽不清楚自己的問題。他舉起一隻手，摘掉香菸，空出嘴巴說話。「那叫什麼？」他問。

少年的口哨聲停在半空。「嗄？」

「那叫什麼？」拿塔那內爾重複一次。

「我懂你的問題。」擦鞋少年說。他停住刷鞋的動作，抬起頭想弄清楚。「可是我問的是，您說的『那叫什麼』，指的是什麼？」

「您吹的那個口哨。」拿塔那內爾說。

「這是另一碼事了。」少年說。「我不知道叫什麼。」他拿起刷子，像耍雜技那樣轉了一圈，再繼續工作，他擺好滑下檯子一旁的鞋。「附近的人都會唱。」他說。然後他把口哨吹得更響、更亮了。

拿塔那內爾走下了檯子時，看見從樹林間傾瀉而下的陽光，照得鞋子發出晶亮的紅光。真像一雙新鞋。簡直太新了，現在倒是搭配的西裝顯得黯然失色。他把菸蒂丟到街道的另一頭，掏出一張紙鈔，交給了擦鞋少年。但是少年說他沒辦法找零。

「沒關係。」拿塔那內爾說。「我們去街角那間商店。」於是，他們雙雙走過籠罩樹影的街道，頭頂上的樹木貌似哀淒，在等待姍姍來遲的季節中老朽。拿塔那內爾雙手插進口袋，搓揉那張捲在食指的鈔票，走過半個街區時，他無意間開口。他還來不及決定要不要開口，話已經脫口而出。「您喜歡嗎？」他問。

少年沒轉過頭看他。

「嗄？」他回問。

「我問您喜不喜歡。」拿塔那內爾再說一遍。

「我懂你的問題。」少年說。這一刻，他才轉過頭看旁邊的拿塔那內爾。

「我想問的是，您問我『喜不喜歡』這句話，是指什麼意思？」

「這些樹。」拿塔那內爾說。接著他從口袋伸出手，拔下頭頂上一根開始冒綠意的小樹枝。

「這是另一碼事。」少年說。「總之，要看吧。」

「要看什麼？」拿塔那內爾說。接著他用捲著鈔票的食指用力搓揉樹葉。

「要看想拿樹來做什麼。」擦鞋少年說。

拿塔那內爾停下腳步。他把手插回口袋，轉過身背對街道，面向少年繼續往前走的人行道。「我的意思是，您喜不喜歡這一幅畫面。」

「我不知道您指什麼。」擦鞋少年沒轉過頭，直接回答他。

「就是眼前這一幅畫面呀。」拿塔那內爾說。他重新踏出了腳步。

「這是另一碼事。」擦鞋少年說。「老實說，如果光用肉眼看，我並不喜歡樹。」他轉過頭看，然後說：「這些樹應該用在其他的用途。」

他們抵達街角。他們一起穿越街道，突然間，各自陷入沉思，彷彿少年最後那幾句話把所有的話題都說光了。拿塔那內爾進入商店，買了一盒口香糖（那是他在糖果罐第一眼看到的東西），然後回到門口，擦鞋少年在這裡等他。他遞給少年兩枚硬幣，也把口香糖給了他，還打算問他喜不喜歡口香糖，但是少年立刻轉身離去，連句道謝的話都沒說。

他再一次停在街角，就是剛剛四面而來的風的交會處，接著他又整理了一下領帶結。此刻，領帶不再像是活生生的了。就僅僅是一條灰色的領帶，任何一個不知何去何從的男人脖子上都會打的領帶。然而，儘管領帶不再像是活生生的動物，失去了原始本性，他都已經作好決定。此刻的他感到自在。他穿的西裝不怎麼體面，但是腳下是一雙乾淨的鞋。他只需要再花點力氣（如果可以的話，就閉上眼睛吧），走過半個街區，他不是要走這一條街道，而是另一條大道。他應該要踏進人行道上的第六棟屋子。他知道，因為他數過大門，但是他只需要注意唯一還點著燈的那一棟。他從沒走過那條大道，並不是因為離他的公寓太遠，而是他的生活中只有一條路線。那是他每天從公寓到辦公室必走的路線。在今晚之前，他從未覺得需要偏離路線。天氣很熱，徜徉在樹木的氣息之中，他希望呼吸街道上生氣勃勃的溫熱空氣。他漫無目的地走著。他不知道自己就這樣走了多久。而就在那裡，正當他準備往回走時，瞥見了一間窄小的廳堂，裡面擺著數不清的美妙裝飾品。在小廳堂的一角，有個女人獨自坐在一張沙發上。她一臉謹慎，像是在等待一個隨時會出現的人。她面露淒楚，像是從出落為女人之初就在苦等著那一刻到來；或許遠在她等待的人還沒出生前就開始了。她長得不美（拿塔那內爾想起自己還在街角躊躇不定），至少第一眼看到時，她並不符合一般對美女的認知。但是她坐在那裡，背對著日光，什麼事都沒做。只是等待。拿塔那內爾看到她時，想著她的等待還在進行，但結束的一刻卻已經到來，因為他可能就是她在等的人。她等待著一個這輩子從未見過面的真命天子。

拿塔那內爾站的位置，正是四面而來的風的交會處，他還沒下定決心。他應該要走過與那女人相隔的半個街區。由於作不了決定，他心生內疚。他責怪所有可能迫使一個男人站在街角猶豫不決的一切，而六棟屋子遠的地方有個女人正在等他。起先，他不了解侵入內心的深刻矛盾感受，這種占據他內心的焦慮是痛苦的。但此時此刻（思索過後），他發現他難以繼續忍耐什麼都不做的懊悔，他在可以行動的時刻，卻只是一再調整他的領帶結。他還沒來得及作最終決定，卻發覺自己已不知不覺踩著謹慎的步伐，沿著低矮樹木，往清新的空氣洗滌過的大道走去。

他原本打算反悔，但在最後一刻重拾了方向感。他想過門不入，繼續往前走。但是那個女人就在裡面，一如先前見到的模樣，坐在角落，裙子拉高到大腿上。當他經過窗前，那女人依然神遊他鄉：她的表情沒有改變，視線望著天花板的某一角。接著她茫然的視線飄到沙發上的黑點，彷彿那些黑點能告訴她等待了多久的時間。拿塔那內爾靠近大門。他站在門前，依舊躊躇不定。一直等到片刻之前，他堅定的決心才開始動搖，於是他緊咬嘴唇，走了進去。

那女人恍若大夢初醒，她微微地伸直懶腰，輕輕地甩了甩頭，看著走到她跟前的男人：這個男人沉默不語，真實存在，發亮的臉龐掛著毫不做作的表情。女人望著拿塔那內爾，而他感覺奇蹟就要發生了。當女人問他有何貴幹，那迴盪的嗓音不比尋常，拿塔那內爾不由得又調整起了領帶結，他感覺到領帶適時的陪伴，他的手指彷彿碰觸到了奇蹟的邊緣。

「請問有何貴幹？」女人再問一遍。

「我想要把您娶回家。」拿塔那內爾說。當他聽見自己脫口而出的這句話，或許根本不知道為什麼要這麼說。他只知道，在這一瞬間，坐在沙發上的女人變回了真實的女人，他則是一個孤獨的男人，失去方向，失去路線，杵在一個陌生的廳堂中央。

那女人想開口說話，卻忍住了。她一臉不悅地回到先前包圍她的不明空間裡，只是這一次沒了原先恍惚的神情。她此刻的冷漠是偽裝的，為的是掩飾她的不知所措。她蹺起二郎腿，用手背撫平裙子的滾邊。她十指交叉擱在蓋住膝蓋的滾邊，食指輕輕打拍子。拿塔那內爾在她面前坐下來。那女人斜睨他，伴隨著內心悄悄加速的心跳，開始輕輕地搖搖頭。她隔著裙子的滾邊，在膝蓋上輕輕打拍子。她看見拿塔那內爾坐在那兒，一臉困窘卻滿心期待，儘管他的耐心令人感動，她還是往沙發椅背一靠，用手掌撐住身體，吐出精簡的字句。「請您行行好，離開吧。」她說。接著又說，如果他不肯離開，她就要呼叫克洛蒂爾德。

拿塔那內爾再一次理了理他的領帶結。這不是他平時的習慣，他壓根兒就不知道誰是克洛蒂爾德，只是這一刻，他感覺不摸領帶結不行。現在他冷靜了些。他心想，或許女人不會再說什麼；可是他只要開口，那個克洛蒂爾德就可能會出現。他想知道誰是克洛蒂爾德。他想認識她。

「小姐，我是真心誠意這麼說的。」他說。接著他向前傾身，手肘撐在椅子兩邊的把手上。「我想要把您娶回家。」他再說一遍，儘管他腦子想的是完全不同的事。他心想的是：「我想要娶克洛蒂爾德。」可是他沒膽子說出口。

這時，應該是發生了什麼出乎意料的事，因為女人臉上的敵意消失無蹤，取而代之的是縹緲和冷漠，彷彿她又感覺獨自一人在家。拿塔那內爾俯身，現在他感到一股繼續講下去的力量。或許他不知道現在是不是向她傾吐的好時機，說出他還在猶疑是否該進屋時所想過的種種，但是他為自己完成的這件使命感到自豪和滿意。而且他感覺，對於一個初次拜訪一個女人的男人來說，繼續講下去也是一種使命。他心想，她會叫來克洛蒂爾德。頂多就是這樣。

「確實，」拿塔那內爾停頓一下又接著說，「您並不了解我。」他在繼續開口前，試著加深語氣的親切感和聲音的說服力。他說：「不要學擦鞋少年。」而他不知道自己何時曾經考慮過說出這句話。

女人依然神色不變，模樣恍惚，她蹺著二郎腿，兩手垂放在膝上。或許她根本不知道自己為什麼會擺出這樣的姿勢：她為什麼（當男人再次開口時）不再自然而然地流露出敵意。她就像再一次孤零零地待在家裡。

拿塔那內爾感覺他應該要對剛才的話做點補充。

「擦鞋少年『也是』一個猶豫不決的人。」他說。「他們不懂得要把問題咀嚼兩遍，不知道該怎麼回答已有家室還是個王老五。當他們擦鞋時，有時會遇到客人好奇地問起他們已有家室還是王老五，他們總是回答那句蠢話：『看狀況……』」

女人依然在神遊太虛。她那雙垂放在膝上的手，似乎找到了掌握眼前情況的關鍵。總之（那女人應該是這樣想），一個無緣無故闖進民宅的男人，既然找不到繼續坐著的理由，也不需要理由就該從這裡出去。女人應該是認為，這個坐在她面前的男人怕是找不到那個理由了。

「小姐，難道您不這麼認為嗎？」拿塔那內爾幾乎是一頭熱地繼續說。「您不認為，男人告別單身只有討老婆一途嗎？」

女人忍不住了，聽到這句話，她輕笑一聲，像是嘲弄他又覺得有趣。彷彿她突然明白，這個男人並無惡意，只是試圖找點樂子自娛自樂。或許正因為是這樣想，此刻她轉過頭來直視他，眼神煞是熱烈，拿塔那內爾感覺，這輩子終於第一次有人正眼仔細看著他。

女人面露微笑，回到了原本的模樣，拿塔那內爾的思緒再一次回到克洛蒂爾德；他開口繼續說。

「小姐，這可是千真萬確。」他說。「只有擦鞋少年拐彎抹角，就是不說是不是單身，只說不知道有沒有家室。」

女人忍俊不禁，她漠然的表情瓦解了，開始放聲爽朗大笑，接著自然地賣弄起風情，對陌生男子說別再講幼稚的傻話。她說：「還是請您離開吧。」

不過，拿塔那內爾沒有回以微笑。相反地，他再稍微往前俯身，想看清楚女人的容貌。他的語氣突然轉為想要強調什麼。「這不是幼稚的傻話。」他說。「我是認真的。」接著他抽出一根菸。

「擦鞋少年是全世界最猶豫不決的人。」他重複一遍。

他拿起一根火柴棒擦小盒子，點燃了香菸，接著站起來，把燒過的火柴棒丟進菸灰缸，他一邊做還一邊說個不停。他說擦鞋少年太過冷漠，太過傻氣，吹些不知道歌名的流行曲子也能開心過日子。他說：「他們起碼要知道曲名吧。」他們要能說出，吹口哨是因為曲子能喚醒他們遺忘的回憶。「可是並非如此，他們僅僅是為了吹口哨而吹口哨。」接著對著女人舉起食指說道：

「那才叫傻吧。」

女人望著他。然而，她的一雙眸子此刻卻沒有盯著他的臉龐，他的臉開始因為暗自陶醉而開始發亮，她的視線卻落在了那隻擱在扶手椅上的手。那隻手長長的，看上去很粗糙，手指夾著一根菸，菸灰看似就要剝落。拿塔那內爾自顧自地講著，絲毫不擔心女人會忽然對他的話感興趣。此時此刻，他只是講著，或許根本沒聽到自己在講什麼，他每次關上公寓的門之後，就是這麼開始說話的。

「小姐，您看哪，這可是認真的。當您遇到某個男人希望樹木不只拿來讚嘆綠意盎然，您就能肯定他是個擦鞋少年。」

女人猛然開口打斷他的話。「我最不想要這樣。」她說。她在沙發上坐直身體說清楚：

「我最不想要菸灰弄髒地毯。」

拿塔那內爾傾身向前：他沒動那隻夾香菸的手，而是把桌上的菸灰缸拿到扶手椅前面。他對女人始終如一，卻不自覺這種態度有多麼諷刺。他彈掉菸灰，再次用力吸一口菸，絲毫不顯失望。或許現在他想的是這個女人有多麼可笑、多麼漠然。或許他想的是，擦鞋少年的回答似乎只有一般正常的女人會感興趣。但是這一個，等待他這麼久的這一個女人，更擔心的是地毯的整潔，而不是擦鞋少年的思考方式。他心想，她是個沒常識的女人，於是他轉過頭看她，恰巧這一刻的她一臉厭惡，又再說了一次她的耐心已經抵達極限。「我對您那些擦鞋少年的事一點也不感興趣。」她冷冷說道。

「我已經發現了。」拿塔那內爾說。而此時，反而是他感覺自己一個人在屋子裡。

也許正因如此，他並沒有站起來，而是把手肘更用力地撐在兩邊的扶手上。他又吸了一口菸。「您不懂。」他說，並且讚嘆起自己說的話多麼成熟。接著他開始吐煙。「您不懂，但是那位克洛蒂爾德或許能懂我呢。」

一九五〇年

藍狗的眼睛

Ojos de Perro Azul

這時她看向我。我還以為這是她第一次看我。但之後，當她從小夜桌後面走過去繞了一圈，我仍然能感覺她的視線從背後射過來，像是油一般滑落在我的肩膀上，於是我恍然大悟，這是我第一次正眼看她。我點燃一根菸，把濃嗆的菸吞下肚子，接著倚著後面的一根椅腳維持平衡，轉動座椅。接著，我看到她在那裡，一如每天夜晚都在，站在小夜桌邊望著我。短短的幾分鐘，我們唯一做的只有互相凝視。我坐在椅子上看她，倚著後面的椅腳維持平衡。她站著看我，一隻細長的手安靜地擺在夜桌上。我看見她的雙眸一如每天夜晚般晶亮。當我對她說：「藍狗的眼睛。」我想起此情此景一直在上演。她回我時，那隻手依然擱在夜桌上。「對。我們永遠都不會忘記這個。」她離開桌邊，嘆口氣說：「藍狗的眼睛。我在每個角落都寫下這句話。」

我看見她走向梳妝臺。我看見她出現在圓形鏡子裡，那雙眼睛凝視著我，此刻眼底重新燃起亮光。我看見她望著我，睜著一雙晶亮的、大大的灰眸，她望著我時，打開了粉色珍珠母貝鑲面的小盒子。我看著她給鼻子撲粉。撲完後，她關上盒子，再一次站起來，走回小夜桌旁，開口說：「我怕有人會夢見這個房間，把我的東西翻得亂七八糟。」接著她伸出那隻細長的手，手發抖著，停在火上取暖，重複剛才還沒坐到梳妝臺前的動作。她說：「你不覺得冷嗎？」我回答：「有時候。」她對我說：「想必你現在覺得冷了。」這時我明白了為什麼不能獨自坐在椅子上。因為冷，我特別感到自己的孤獨。「我現在覺得冷了。」我說。「真是奇怪，這一夜很寧靜的。可能是剛剛身上裹著床單吧。」她沒回應。她再一次走向鏡子，我也再一次轉身背對她。我沒看她，卻知道她在做什麼。我知道她又對著鏡子坐下來，從鏡中看著我的背影，她的視線不疾不徐地跟著我緩緩走到盡頭再收回來，停在此刻已經塗上胭脂的嘴唇上，剛剛在鏡子前那隻手搽了一遍，這回開始搽起第二遍。我看著眼前的牆壁，光禿禿的，沒有半幅掛畫。那光禿禿的牆壁像極了照不出倒影的另一面鏡子，我看不見鏡中坐在我背後的她，可是我想像這若不是一面牆，而是鏡子，她會在哪個位置。「我看見妳了。」我對她說。

我彷彿在牆上看見她抬起視線，看著鏡中盡頭的我背對坐在椅子上，面向牆壁。接著我瞧見她垂下眼簾，再一次靜靜地凝視她的緊身上衣，不發一語。我又對她說一次：「我看見妳了。」她的視線離開緊身上衣，再次抬起頭。她說：「怎麼可能。」我問為什麼不可能。而她再次垂下眼眸平靜地看著緊身上衣：「因為你看著牆壁。」這一刻，我轉過椅子。我的嘴緊緊叼著香菸。當我面朝鏡子時，她已經回到小夜桌旁。這時她張開手圍著焰火烘烤著，那雙手像是母雞張開的翅膀，手指的影子映照在她臉上。「我想我要感冒了。」她說。「這裡應該是一座冰冷的城市吧。」那張側臉轉過來，泛紅的古銅色皮膚突然流露悲傷。「做點什麼吧，別讓這種事發生。」我說。而她開始寬衣解帶，一件接著一件，從上身開始，從那件緊身上衣開始。我對她說：「我要轉身面對牆壁。」她說：「沒必要。反正你背對著也能看得到我。」她還沒說完這句話，就幾乎脫得一絲不掛，讓那火烘烤她修長的古銅膚色身軀。「我一直想要看到這個模樣的妳，肚皮鏤刻著凹凸的陰影，彷彿拿棍子一下接一下打出來的。」我還沒來得及發現我的話在她的裸身前顯得笨拙，她已經動也不動地站在小夜桌旁取暖，她說：「有時候，我覺得自己像尊金屬雕像。」她沉默了半晌。她停在火焰上空的那雙手稍稍換了個姿勢。我說：「有時我會夢見妳，在那些夢中，我以為妳是某間博物館裡在角落的一尊青銅雕像。可能是這樣，妳才覺得冷。」她對我說：「有時當我靠左側睡覺，我會感覺皮膚變硬。我會感覺身體變成空殼，皮膚像是金屬薄板。這時，血液在我的體內衝撞，就像有人用指關節敲打我的肚皮，呼叫著我，我躺在床上，都能感覺自己發出金屬的聲音。這就像你說的：金屬薄板打造。」她往小夜桌靠得更近。「我想要聽聽妳的聲音。」我說。她回答：「如果我們有緣相遇，就把耳朵貼在我的胸口吧，當我靠左側而睡，你會聽到聲音。我一直都希望你有機會聽聽。」我聽見她說話時，深深吸了一口氣。她說好幾年來，她沒做過別的事。她把人生的光陰都花在尋覓現實世界中的我，相認的方法就是這一句：「藍狗的眼睛。」她用這個方法，在大街小巷大聲說著相認的話，說給唯一能聽懂她的那個人聽：

「我是每晚到你夢裡的女人，我對你說了這句話：『藍狗的眼睛』。」

她說，她上餐廳時，總在點餐前對服務生說：「藍狗的眼睛。」但是那些服務生只是對她恭敬行禮，沒有一個記得她在他們夢中說過這句話。之後她寫在餐巾紙上，拿餐刀刻在桌面的塗漆上：藍狗的眼睛。在旅館、車站，所有公共建築物布滿水氣的玻璃窗上，她用食指寫下：藍狗的眼睛。她說有一回到藥局，聞到有天夜裡夢見我之後，同樣那股出現在她房間裡的氣味。她凝視著藥局乾淨的全新磁磚地板，心想：「他應該在附近。」於是她靠近店員對他說：「我經常夢見一個男人對我說：『藍狗的眼睛。』」她說那個店員直視她的眼睛說：「小姐，您的確擁有這樣的一雙眼睛。」她對他說：「我得找到夢裡那位對我說這句話的人。」店員笑了出來，走到櫃檯的另外一頭。她繼續在那裡盯著乾淨的磁磚地面，和感受那股氣味。接著她打開皮包，跪了下來，拿著紅色唇膏在磁磚地面寫上斗大的紅色字體：「藍狗的眼睛」。他走了回來。他對她說：「小姐，您弄髒了地磚。」

他交給了她一條溼抹布說：「擦乾淨。」她依然站在小夜桌旁，述說自己如何花了一整個下午，一邊清洗磁磚地板一邊說：「藍狗的眼睛。」直到群眾圍在門口說她發瘋了。

此刻，她說完了話，我繼續待在角落，坐在椅子上平衡身體。「我每天都努力想要記起這句應該能夠遇見妳的話。」我說。「現在，我想著明天一定不會忘掉這句話。不過，我之前也都這麼說，卻總在醒來那刻忘掉能找到妳的話。」她說：「這句話是你第一天就想出來的。」我對她說：「但是我總是在隔天忘得一乾二淨。」她站在小夜桌旁緊握拳頭，深深地吸氣說：「至少我現在記得，我是在哪座城市寫這句話的。」

她緊咬的牙齒，在火光的映照下閃閃發亮。我說：「現在我想摸摸妳。」她抬起那張望著火光的臉；她那雙眼眸抬起來時，眼中有團燃燒的火，熱燙燙的如同她整個人和那雙手；我感覺她看著待在昏暗角落裡的我，我繼續坐在那裡，在椅子上搖晃身體。她說：「你從沒對我說過這句話。」我說：「現在我說出來了，這是真心話。」她在小夜桌的那一頭跟我要一根菸。我手指夾的菸蒂已經燃盡。我忘了我正在抽菸。她說：「不知道為什麼，我想不起來在哪些地點寫下那句話。」我對她說：「我也是，我在第二天也想不起來是哪句話。」她語帶悲傷地說：「不是那樣，而是我有時會想說，那也是我所夢見的景象。」我站了起來，走向小夜桌。她站在更過去一點的地方，我繼續往前，手裡拿著香菸和火柴盒，不過沒繞過小夜桌。我遞給她香菸。她把菸緊含在脣間，我還沒來得及擦火柴棒，她已經俯身就著火點菸。「在這個世界的某座城市裡，在所有的牆壁上，一定有那些字的蹤跡：藍狗的眼睛。」我說。「如果我明天還能記住，一定會去找妳。」她再抬起頭時，嘴脣間已點燃一簇火光。「藍狗的眼睛。」她輕嘆一口氣，試著記住，香菸垂在下巴上方，一隻眼睛半瞇。接著她舉起手指夾住香菸，吸了一口煙，驚呼：「那又是另一回事了。我現在覺得好熱。」她吐出這句話時，聲音有點輕軟而飄忽，彷彿並不是真的說出來，而是寫在一張紙上，她把那張紙拿到火邊，我讀到：「我現在覺得……」她將夾在大拇指和食指間的紙條拿過去轉了幾圈，那張紙慢慢燒了起來，而我讀完了：「好熱。」最後那張紙燒光了，掉落地面，一小團縐巴巴的、變成一堆蓬鬆的灰燼。「這樣比較好。」我說。「有時候，我就怕看到妳這樣。在小夜桌旁發抖。」

我們從好幾年前就開始見面。有時候，當我們相聚一起，夢外卻有人掉了一根湯匙，害我們清醒過來。慢慢地，我們開始明白，我們的友誼受控於再簡單不過的事物或事件。我們的相會，總是在凌晨隨著一根掉落的湯匙結束。

此時此刻，她在小夜桌邊凝視著我。我想起，她曾經在某個遙遠的夢境裡這樣看我，在夢中我倚著後面的椅腳轉動椅子，面對一位張著灰眸的陌生女人。就是在那個夢裡，我第一次問她：「您是誰？」而她對我說：「我不記得您是誰。」我對她說：「但是我相信我們以前見過面。」她漠不在乎地說：「我覺得我夢過您，也夢過這個房間。」我對她說：「沒錯。我開始想起來了。」她說：「不可思議。我們的確曾在其他夢中相遇。」

她吸了兩口菸。我還杵在突然間正眼看她的那張小夜桌前。我將她從上到下打量一遍，她依然一身銅色；但已經褪去金屬的堅硬和冰冷，變成一種柔軟、可塑的黃銅顏色。「我想摸摸妳。」我又說一遍。她說：「你可能會得不償失。」我說：「已經沒關係了。我們只要把枕頭翻面，就能再重逢。」我伸出手，越過小夜桌，朝她而去。她動也不動。「你可能會得不償失。」我還沒來得及摸到，她又重複一遍。「或許，你只要繞過小夜桌，我們就會在世界的某個角落驚醒過來。」但是我不死心：「沒關係。」而她說：「或許我們把枕頭翻面，就能再重逢。可是你醒來以後，會遺忘這件事。」我又回到角落。她在我的背後，伸出雙手在火上烘烤。我還沒走到椅子邊，已經聽到她的聲音在我背後響起：「我若在半夜醒來，總會在床上翻來覆去，感覺臉頰摩擦著枕套到發熱，一直重複這句話到天明：『藍狗的眼睛。』」

這時，我面對著牆壁。「天已經矇矇發亮了。」我說，並沒有看她。「半夜兩點時，我醒著，而那是好一會兒以前的事了。」我走向門口。當我抓住握把，我聽到她那同樣不變的聲音：「不要打開那扇門。」她說。「走廊上滿布難纏的夢。」我對她說：「妳怎麼知道？」她對我說：「因為我剛才去過，最後我發現自己是靠左側睡覺，不得不回來。」我微微打開門。我稍稍推開了門板，一股輕柔的冷風迎面撲來，夾帶清新的青草芬芳和原野的溼氣。她再次開口。我繼續把拴上無聲門鏈的門板再打開一點，回過頭對她說：「我想外面沒有什麼走廊。我只聞到田野的氣味。」她已經有些恍惚，回答我：「我比你還清楚那是什麼。那是外面有個女人夢見了原野。」她在火上環抱雙臂。她繼續說：「那個女人希望有一棟在原野的屋子，卻一直離不開城市。」我記得在之前的某個夢中看過那個女人，但是把門打開一半時，我知道我在半個小時內必須下樓吃早餐。於是我說：「總之，我得離開這裡，才能從夢裡醒來。」

外面的風颯颯吹了一陣子，接著安靜下來，剩下一個睡著的人剛剛在床上翻身的呼吸聲。原野的風靜止了。再也沒其他的氣味。「明天我會認出妳。」我說。「我只要看到街上有個女人在牆壁寫下『藍狗的眼睛』，就能認出妳來。」她露出一抹哀傷的微笑，那是一種奮力追求不可能和無法得到的東西的微笑。她說：「可是你在白天什麼都記不得。」她把手放回小夜桌上，一臉愁雲慘霧：「你是唯一醒來後完全不記得夢見什麼的人。」

一九五〇年

六點光臨的女客

La mujer que llegaba a las seis

那扇彈簧門打開了。這個時間，荷西的餐館裡空無一人。時鐘剛剛過六點，這個男人知道常客在六點半才會陸續上門。餐館的顧客都相當老派和忠於習慣，而六點的鐘聲還沒敲完，就會有個女人進門，每天的同個時間，她會一如往常，不發一語地坐在高腳旋轉椅上。她的嘴唇緊緊含著一根沒有點燃的香菸。

「哈囉，女王。」荷西看見她坐下來時說。接著，他走到吧檯的另外一頭，拿一條乾抹布擦拭玻璃櫃面。只要有人踏進餐館荷西就會這麼做。他是餐館老闆，有頭金紅色頭髮，胖乎乎的，他跟這個幾乎已有默契的女客也是如此，在她面前演出勤奮男人的角色是每日的戲碼。他從吧檯另外一頭說話。

「妳今天想點什麼？」他問。

「我想先教你怎麼當個紳士。」女人說。她坐在一排旋轉椅的最末端，兩邊手肘擱在吧檯上，嘴唇含著沒點火的香菸。她緊閉著嘴巴說話，於是荷西注意到了那根沒點燃的菸。

「我剛剛沒注意。」荷西說。

「你完全沒注意。」女人說。

男人把抹布放在吧檯上，走向深色櫃子，那櫃子的木頭散發一股焦油和灰塵的氣味，不久，他拿火柴盒回來。女人俯身去接男人雙手間的火苗，他那雙毛茸茸的手相當粗糙。荷西看著女人那頭豐盈的頭髮，抹上厚厚一層便宜凡士林的髮絲閃耀著油亮的光澤。他看著她裸露的肩膀、緊身印花上衣和她微露的胸脯，當女人抬起頭，嘴邊已亮著一簇火光。

「妳今天真美，女王。」荷西說。

「別講蠢話。」女人說。「你該不會以為那樣說，就能打動我並付你錢。」

「我不是那個意思，女王。」荷西說。「我猜妳今天的午餐吃得不開心。」

女人吞下第一口濃菸，環抱雙臂，兩邊手肘還擱在吧檯上，視線穿過餐館的大面玻璃，凝視著外面的街道。她一臉愁容，那是一種夾雜厭惡和粗俗的愁緒。

「我來幫妳煎一份美味的肉排。」荷西說。

「我還沒有錢。」女人說。

「妳這三個月都沒半毛錢，可是我總會幫妳煮點好吃的。」荷西說。

「今天不一樣。」女人說，她依然表情陰鬱，凝視著外面的街道。

「每天都一樣。」荷西說。「當時鐘走到六點，妳就會上門說妳餓得半死，所以我會幫妳做點好吃的。唯一不同的是，妳今天沒說妳餓得半死，而是今天不一樣。」

「是真的。」女人說。她轉頭看向吧檯另外一頭的男人，他正在翻找冰箱。她望著他兩三秒。接著她看向櫃子上方的時鐘。這時是六點三分。「是真的，荷西。今天不一樣。」她說。她吐出煙霧，繼續用簡短而熱切的語句說著。「我今天不是六點到，所以不一樣，荷西。」

男人瞥了一眼時鐘。

「那個鐘要是慢一分鐘，我就砍下這條手臂。」

「不是那個意思，荷西。我今天真的不是六點到。」女人說。「我是五點四十五分到的。」

「女王，是六點鐘響。」荷西說。「妳是在剛敲完六點鐘響後進門的。」

「我已經在這裡待了十五分鐘。」女人說。

荷西走到女人的前面。他那張脹紅的大臉湊了過去，舉起食指拉長一邊的眼皮。

「吹吹我這裡。」他說。

那女人往後退去。她一臉嚴肅、厭煩，卻又帶著柔弱，那彷彿雲氣散發而出的悲傷和疲憊，更添加了她的美感。

「別說傻話，荷西。你知道我已經六個多月滴酒不沾。」

男人露出微笑。

「這句話妳對別人說吧，」他說。「可不要對我說。我敢說妳至少偷偷喝了一公升的酒。」

「我只跟一個朋友喝了兩口。」女人說。

「喔，那麼現在我懂了。」荷西說。

「你不必懂什麼。」女人說。「我就是在這裡待了十五分鐘。」

男人聳聳肩膀。

「好吧，既然妳願意，就說妳在這裡待了十五分鐘。」他說。「總之，沒有人會在意多個十分鐘或少個十分鐘。」

「這種事當然令人在意，荷西。」女人說。她伸出雙臂，越過吧檯的玻璃櫃面，一副漠不在乎的模樣。「不是因為我願意，而是我已經在這裡十五分鐘了。」她再一次看向時鐘，然後修正說法。「我說什麼啊，我已經來二十分鐘了。」

「好吧，女王。」男人說。「只要能博取妳的歡心，我願意改口說一天一夜。」

在這一段時間，荷西一直待在吧檯後面，忙著把一樣東西從一處換到另外一處。他忠實扮演他的角色。

「我希望博取妳的歡心。」他又說一遍，接著猛然停下動作，轉頭看向女人。「妳知道我很喜歡妳吧？」

女人冷冷地看著他。

「喔……？真是個大發現，荷西。你以為我會為了一百萬披索跟你在一起？」

「我不是這個意思，女王。」荷西說。「我再猜一次，妳今天的午餐吃得不開心。」

「我不是因為那個才這麼說的。」女人說。她的聲音變得比較沒那麼冷漠。「而是沒有一個女人受得了你，即使是為了一百萬披索。」

荷西的臉刷紅了。他轉身背對女人，拂落櫃子上酒瓶的灰塵，就這樣沒有回過頭說著。

「妳今天渾身是刺，女王。我想，妳吃完肉排後，最好上床睡個覺。」

「我不餓。」女人說。她再一次凝視街道，看著暮色籠罩的城市裡身影模糊的行人。頓時，餐館出現一種隱隱約約的靜默，這種安靜只會被荷西在櫃子旁的忙碌聲打斷。突然間，女人收回凝視街道的視線，並用一種不同的語調開始說話，聲音輕輕柔柔的。

「你真的喜歡我，小荷西？」

「真的。」荷西並沒有看她，就這麼乾脆地回答。

「就算我剛剛跟你說了那些話？」女人說。

「妳說了什麼？」荷西說，他的語調依舊，也沒看她。

「一百萬披索那句話。」女人說。

「我早就忘了。」荷西說。

「那麼，你喜歡我？」女人說。

「當然。」荷西說。

一陣靜默籠罩。荷西繼續對著櫃子忙東忙西，依然沒看女人。她再次吐了一口菸，胸部緊靠吧檯，接著她咬了咬舌頭，語氣帶著謹慎和淘氣，彷彿是揣著忐忑不安的心情說：

「就算我沒跟你上床睡覺？」她說。

只在這時，荷西回過頭看她。

「我太喜歡妳了，就算妳不跟我睡覺。」他說。接著他朝她走去，並凝視眼前的她，那雙有力的手臂撐在她前面的吧檯上。他看進她的眼睛說：「我太喜歡妳了，甚至到了每天下午都想宰掉那個跟妳離開的男人的地步。」

女人乍聽後瞬間顯得一臉迷惑。她先是細細打量男人，流露一種介於憐憫與嘲弄之間的表情。接著，她沉默片刻，變得不知所措。再接著，她迸出響亮的笑聲。

「你在吃醋，荷西。真是受寵若驚，你在吃醋。」

荷西再次刷紅了臉，那是一種真誠的害臊，接近羞愧，彷彿一個孩子突然被揭露所有的秘密。他說：

「今天下午妳什麼都聽不懂啊，女王。」接著他拿起抹布擦乾汗水。「困頓的生活已經讓妳失去判斷力。」

但此刻女人又變了臉色。

「那麼，並不是。」她說。

接著她的眼眸閃爍著奇異的光芒，再次看進他的雙眼，回到哀傷和挑釁的態度。

「那麼，你並不是吃醋。」

「就某方面來說，是吧。」荷西說。「但是不像妳說的。」

他放鬆衣領，繼續擦汗，拿著抹布擦乾脖子。

「那麼是？」女人說。

「是我太喜歡妳，到了不想要妳做那種事的地步。」

「嗄？」女人說。

「不要妳每天都跟不同的男人離開。」荷西說。

「你為了不要他跟我離開，真的想動手宰人？」女人說。

「宰他不是不要他離開。」荷西說。「而是不要他跟妳離開。」

「意思不都一樣。」女人說。

他們的對話沸騰到了頂點。女人低語，語氣輕柔而迷人。她的臉幾乎貼了上來，男人那張膚色健康的臉龐上掛著平靜的表情，他動也不動，恍若被言語的魔力迷惑。

「這些都是肺腑真言。」荷西說。

「這麼說，」女人說，同時伸手輕撫男人粗糙的手臂。她另一隻手扔掉了菸蒂。「……這麼說，你真有膽子宰人？」

「就我跟妳說的那樣，我敢。」荷西說。他的聲音流露出一種幾近誇張的強調語氣。

女人縱聲大笑，身子抽搐不止，毫不掩飾地刻意嘲弄。

「真是可怕，荷西。真是可怕。」她說，依然笑個不停。「荷西宰人。誰能料到你這位胖嘟嘟的偽君子，從不收我錢，每天給我煎肉排，開心陪我聊天直到男客上門，背後竟然是個殺人犯。真是可怕呦！荷西。你嚇死我了！」

荷西不知所措，或許他感到一絲不悅，或許他在那女人放聲大笑時自覺受騙。

「妳醉了，傻女人。」他說。「去睡吧。妳連吃飯的胃口都沒有。」

但此時此刻，女人停止大笑，表情再次轉為嚴肅，她若有所思，身體靠著吧檯。她凝視著男人走開。她看著他打開冰箱又關上，沒拿出任何東西。她看著他接著走到吧檯的另外一頭，看著他像一開始那樣擦拭亮晶晶的檯面。於是女人再度開口，語調轉為溫柔動人：「你真的喜歡我，小荷西？」

「荷西。」她說。

男人沒看她。

「荷西！」

「去睡個覺吧。」荷西說。「上床前記得泡個澡，能幫妳洗去醉意。」

「說真的，荷西。」女人說。「我沒醉。」

「那麼就是妳的腦子糊塗了。」荷西說。

「過來，我要跟你說說話。」女人說。

男人靠了過去，他踩著猶豫的腳步，既欣喜又不敢置信。

「靠近一點！」

男人再次駐足在女人面前。她往前俯身，一把抓住他的頭髮，但動作相當地輕柔。

「再說一遍你剛剛跟我說的話。」她說。

「嗄？」荷西說。他頂著被抓住的頭髮，試著低頭看她。

「說你要宰了跟我上床的男人。」女人說。

「那是肺腑之言。」荷西說。

「再說一遍，一個字接著一個字說。」女人說。

「我要宰了跟妳上床的男人，女王。這是肺腑之言。」荷西說。

女人鬆開他。

「這麼說，如果殺他的人是我，你會保護我？」她說，語氣充滿信心，她用一個刻意賣弄風情的動作，推開了荷西那愚蠢的頭。男人沒有回答，只是露出微笑。

「回答我，荷西。」女人說。「如果殺他的人是我，你會保護我？」

「看情形。」荷西說。「妳知道，說的比做的簡單。」

「你可是警察最相信的人。」女人說。

荷西露出微笑，他滿心虛榮，沾沾自喜。女人再次俯身向前，越過了檯面靠近他。

「說真的，荷西。我敢打賭你從沒說過謊話。」她說。

「說謊沒好處。」荷西說。

「所以，」女人說。「警察也知道，不管你說什麼他們都相信，從不過問兩次。」

荷西看著她，開始輕輕敲打吧檯，不知該說些什麼。女人的視線再次回到街道上。接著，她看一眼時鐘，改變語調，彷彿想在第一批常客上門前結束對話。

「你願意為我說謊嗎？荷西。」她說。「說真的。」

這時，荷西猛然轉過頭看她，深深地看進她的眼底，恍若腦袋裡浮現什麼可怕的猜疑。這個猜疑鑽進了一邊的耳朵，轉了一會兒，隱隱約約，模模糊糊，最後從另一邊的耳朵離去，只留下恐懼燒過的痕跡。

「妳惹上了什麼麻煩，女王？」荷西說。他往前傾身，再一次雙臂環抱靠在吧檯上。女人感覺他的呼氣飄來濃濃的臭味和一點騷味，他肚子壓著吧檯，呼吸顯得頗為吃力。

「是真的嗎？女王？妳惹上什麼麻煩？」他說。

女人撇過頭。

「沒惹麻煩。」她說。「我只是說著玩。」

接著，她轉過頭看他。

「你想過嗎？或許你用不著動手宰人？」

「我從沒想過要宰人。」荷西一臉驚愕說。

「不對，老兄。」女人說。「我的意思是，用不著宰掉跟我睡覺的人。」

「喔！」荷西說。「現在妳這樣講就清楚多了。我一直認為，妳實在沒必要過那種日子。我保證，妳如果肯離開那一行，我願意把每天最大的肉排給妳，不收一毛錢。」

「謝謝你，荷西。」女人說。「但我離開不是因為你說的那樣，我離開是因為我再也沒辦法賣身了。」

「妳別越搞越複雜。」荷西說，他開始面露不耐。

「我沒有想搞得複雜。」女人說。她在椅子上伸展四肢，荷西看著她緊身衣裡平坦可憐的胸部。

「我明天就要離開了，我保證再也不會來打擾你。我跟你保證，我再也不跟任何人上床了。」

「妳這激烈的想法是打哪冒出來的？」荷西問。

「剛剛決定的。」女人說。「我剛剛才發現這一行有多骯髒。」

荷西再一次拿起抹布，擦拭她附近的玻璃檯面。他沒有看她，開口說道。

他說：

「妳做的事當然骯髒。妳應該要早一點發現的。」

「我已經發現一段時間了。」女人說。「但是我剛剛才真正說服自己。我對男人感到噁心。」

荷西面露微笑。他抬頭看她時依然掛著微笑，但他眼中的她卻若有所思，一臉徬徨，喃喃叨唸，還聳著肩膀；她坐在旋轉椅上搖來晃去，神色憂傷，金黃色的臉龐，彷彿秋天早熟的麥浪。

「你不覺得，大家應該放過殺了男人的女人嗎？因為她跟他睡覺以後，對他和所有睡過的男人都感到噁心。」

「不用扯得這麼遠。」荷西說，他心驚膽跳，聲音流露一絲憐憫。

「如果這個女人在看男人穿衣服時，對他說她討厭他，因為她想起整個下午都在跟他翻雲覆雨，感覺不管是用香皂還是菜瓜布，都洗不掉他的氣味？」

「這種事總會過去。」荷西說，此刻他有些冷漠地擦拭著玻璃檯的反面，略帶冷漠。「那也沒有必要宰了他，讓他離開就好了。」

但是女人繼續講著，她的聲音就像一道源源不絕、奔放和洶湧的水流。

「如果女人都說討厭他了，結果男人沒有繼續穿衣服，反而撲向女人又開始親吻她呢……？」

「正派的男人不可能這麼做。」荷西說。

「但是，萬一他就是這麼做呢？」女人眉頭深鎖，兩眼發愁地說。「如果那個男的不正派，真的這麼做，女人感覺噁心到不行，甚至到了生不如死的地步，她知道解決一切的唯一辦法，就是從下面捅他一刀呢？」

「那可真殘忍。」荷西說。「幸好沒有男人會做出妳說的那種事。」

「好吧。」女人說，此刻她完全失控。「那如果他做了呢？假設他會這麼做。」

「總之，不可能這麼誇張。」荷西說。他繼續清潔吧檯，依然待在原處，不過現在沒那麼專心聊天。

女人舉起指關節敲敲玻璃檯面，她的語氣轉為堅定，態度咄咄逼人。

「你真是個野蠻人，荷西。」她說。「你根本都聽不懂。」她用力抓住他的袖子。「說吧，就說那個女人應該要宰掉那個男人。」

「好吧。」荷西說，他的態度轉為妥協。「就照妳說的。」

「這是正當防衛吧？」女人說，她拉著他的袖子猛搖。

這一刻，荷西瞥了她一眼，眼神淨是溫柔和同情。

「算是吧。」他說。接著他擠了擠眼，這個動作既示意友好，也承諾了一種可怕的共謀關係。但是女人依舊神情嚴肅，她放開了他。

「你願意說謊，來掩護做出那種事的女人嗎？」她問。

「看情形。」荷西說。

「看什麼情形？」女人說。

「假使她是你很愛的女人呢？」女人說。「你知道的，那種你說很愛她，而不一定要跟她在一起的女人。」

「好吧，妳想怎麼說都行，女王。」荷西說，他已經感覺無力和煩躁。

他再一次走開。他瞥了一眼時鐘，眼看就要六點半了。他想，餐館再過幾分鐘就要高朋滿座，或許是這樣，他才更賣力地一邊擦拭玻璃檯面，一邊望向玻璃窗外的街道。女人繼續坐在椅子上，她安靜不語，神情專注，看著男人的一舉一動，似乎沒有那麼哀傷了。她看著他，彷彿在這個男人身上看到一盞即將熄滅的燈。突然間，她再次開口，語氣像是抹了一層油似的溫順。

「荷西！」

男人看向她，眼神充滿深沉又悲傷的溫柔，彷彿一頭散發母性光輝的公牛。他看她，不是要聽她說話；他看她，只是想知道她還在那裡，等待一種保護或支持的眼神。她只求一種陪她玩下去的眼神。

「我剛說了，我明天就會離開，你卻什麼表示也沒有。」女人說。

「沒錯。」荷西說。「因為妳沒說要去哪裡。」

「某個地方。」女人說。「某個沒有男人想睡女人的地方。」

荷西再次微笑。

「妳當真要離開？」他問，彷彿意識到人生變化無常，臉上的表情也突然改變。

「這要看你。」女人說。「如果你知道怎麼跟別人說我是幾點上門的，明天我就離開這裡，永遠不再做這一行。這樣你喜歡嗎？」

荷西點點頭表示肯定，露出坦然的微笑。女人俯身向前。

「如果有一天我經過這裡，發現你跟其他的女人在談心，就在這個時間，就在同樣這張椅子上，我一定會醋勁大發。」

「妳要是回到這裡，應該帶點東西給我。」荷西說。

「我保證，我踏遍每個地方，也要買到上發條的小熊來送你。」女人說。

荷西掛著微笑，拿起抹布揮過他跟女人之間的半空，恍若在擦拭一面看不見的玻璃。女人也堆起笑容示好並賣弄著風情。接著男人走遠，到吧檯的另一頭去擦拭玻璃。

「荷西！」

「嗄？」荷西說，但沒有看她。

「要是有人問起我幾點上門，你真的會回答五點四十五分嗎？」女人說。

「我幹嘛那樣做？」荷西說，他還是沒有看她，甚至幾乎不再聽她說話。

「那不重要。」女人說。「重要的是你會這麼說。」

這一刻，荷西看見第一位老顧客推開彈簧門，走向角落的一張桌子。他瞥一眼時鐘。已經六點半整。

「好啦，女王。」他心不在焉地說。「悉聽尊便。我每次不都是照妳的話做。」

「好吧。」女人說。「那麼，幫我煎塊肉排。」

男人走向冰箱，拿出一盤肉放在桌上，接著他點燃爐子。

「我來幫妳煎一份美味的送別肉排，女王。」他說。

「謝謝你，小荷西。」女人說。

她陷入沉思，彷彿突然落入一個奇異的世界裡，那裡淨是不明而陌生的事物。她沒有聽見吧檯的另一側，傳來新鮮肉塊掉在冒泡奶油裡的滋滋作響。她也沒有聽見荷西把鍋裡的嫩腰肉翻面時，油泡的劈啪聲響，也沒注意到醃肉塊的美味香氣很快地在餐廳的空氣中飄散開來。她就這樣陷入沉思，全神貫注，當她再次抬起頭時，眨了眨眼睛，感覺彷彿從短暫的死亡中復活。這一刻，她瞧見男人站在爐子邊，身上映照著爐子裡雀躍的火光。

「小荷西。」

「喔！」

「你在想什麼？」女人問。

「我在想，妳到時候找不找得到上發條的小熊。」荷西說。

「當然可以。」女人說。「可是我想聽你說，你能做到所有我在道別時要求的事嗎？」

荷西站在爐邊看著她。

「我還要再說幾遍？」他說。「除了這塊上等肉排，妳還想要別的？」

「對。」女人說。

「要什麼？」荷西問。

「我要跟你再多要個十五分鐘。」

荷西往後退，看向時鐘。接著他看著依然安靜待在角落等待的老顧客，最後他回到鍋子裡煎得金黃的肉排。這時他才開口。

「說真的，女王，我聽不懂。」他說

「別裝傻，荷西。」女人說。「記住，我五點半就在這裡了。」

一九五〇年

石鴴之夜

La noche de los alcaravanes

當我們三人圍坐在桌子邊，有人把一枚硬幣塞進投幣孔，點唱機又開始播起了重複一整晚的同一張唱片。其他兩人都沒有立刻注意到這件事。音樂響起之後，我們才想起身在哪裡，並找回了方向感。我們其中一人伸出手到吧檯上，往前摸索（我們沒看到手，只聽到聲音），碰到了一個玻璃杯，然後停下來，接著把兩隻手都擺在硬實的檯面上。這時我們三個在黑暗中尋找彼此，最後，三十根手指在吧檯上相遇。其中一人說：

「我們走吧。」

我們起身，恍若什麼事都沒發生。我們連手足無措都來不及。

我們走向大門，就在經過走廊時，我們被附近傳來的音樂圍繞。我們感覺到坐在那裡等待的一群女人，散發出憂傷的氣息。我們感覺到走廊的前方一片空蕩蕩，接著一股酸臭味迎面撲來，味道來自一個坐在門邊的女人。我們說：

「我們走吧。」

那女人沒有回應。她站了起來，我們感覺到一把搖椅回彈時發出的嘎吱聲。接著我們感覺到踩過鬆開的木頭的腳步聲，以及女人返回的聲音，這時門鏈聲再一次響起，門就在我們的後面關上。

我們轉過身去。就在後面，那裡的風在伸手不見五指的凌晨颯颯吹著，有個聲音說：

「讓開，我要搬東西過去。」

我們往後退開。那個聲音又說：

「你們還是擋住門了。」

不管我們怎麼讓路，那個聲音都如影隨形，最後我們說：

「我們不知道該怎麼離開這裡，因為石鴴啄出了我們的眼睛。」

接著，我們聽到好幾扇門打開的聲音。我們其中一人鬆開了其他兩人的手，我們聽見他在黑暗中拖著腳走路，搖搖晃晃，撞到我們周圍的東西。他在漆黑的某處開口說話。

「我們應該快到了。」他說。「這裡聞得到一堆衣箱的氣味。」

我們靠著牆壁，再次感覺摸到了他的手。這時又有個聲音傳來，不過是來自反方向。

「可能是棺材。」我們其中一人說。

剛剛聞到氣味、拖著腳走到角落的人，這時在我們的旁邊說：

「是衣箱沒錯。我從小就知道收在箱子裡的衣服氣味。」

於是，我們往那裡走去。地面鬆軟而平坦，像踩在踏平的泥土地上。有一隻手伸了出來。我們感覺摸到一隻細長溫熱的手，但感覺不到牆的另一頭在哪裡。

「是個女人。」我們說。

我們當中說是衣箱的那個人說：

「我想她睡著了。」

我們摸到的那個身體動了一下，打了個哆嗦；我們感覺那個身體溜走了，但並不是掙脫到我們摸得到的範圍，而是憑空消失。我們安靜下來，僵直不動，肩並肩靠在一起，但過了一會兒，我們聽到了她的聲音。

「誰在那裡？」她說。

「是我們。」我們回答，不敢亂動。

我們聽見床上傳來聲響，先是嘎吱聲，接著是拖著雙腳在黑暗中找拖鞋的聲音。這時，我們想像女人坐了起來，看著我們，還沒有完全清醒。

「你們在這裡做什麼？」她說。

我們說：

「不知道。石鴴啄出了我們的眼睛。」

那聲音說她有聽過這麼一回事。報紙刊過，有三個男人在院子裡喝啤酒，那裡有五或六隻石鴴。應該是七隻。他們其中一人模仿石鴴鳴叫。

「慘的是，他慢了一個小時模仿。」她說。「就在那時，那些鳥跳上桌子，啄出他們的眼珠。」

她說這是報紙寫的，但是根本沒人相信。我們說：

「要是有人去過那裡，應該會看到石鴴。」

女人說：

「他們去了。不久院子裡就擠滿了人，可是有個女人已經把石鴴帶去別的地方了。」

我們轉過身，女人不再說話。牆又出現了。我們只繞了幾圈就找到牆。我們四周一直有一面牆圍繞。我們其中一人又鬆開了手。我們聽見他再一次在地面嗅聞尋找，並說：

「現在不知道那些衣箱跑到哪兒去了？我想我們已經走到了另一邊。」

我們說：

「過來這裡。這裡有人，跟我們在一起。」

我們聽見他靠近。我們感覺到他在我們旁邊站起來，他溫熱的呼吸再一次撲到我們臉上。

「把手伸到那邊。」我們告訴他。「那邊有個認識我們的人。」

他應該伸出了手，應該也步向我們指示的方向，因為片刻過後，他回來告訴我們：

「我想那是個孩子。」

我們對他說：

「好，問他認不認識我們。」

他丟出問題。我們聽見男孩冷淡而簡短的回答：

「我當然認識。您們是那三個被石鴴啄出眼睛的人。」

此刻，有個大人的聲音響起。那是個女人的聲音，她似乎在一扇關上的門後面說：

「你在自言自語什麼。」

那個滿不在乎的童稚嗓音說：

「我不是自言自語。我在跟那三個被石鴴啄出眼睛的男人說話，他們又來這裡了。」

一陣門鏈聲傳來，接著那女人的聲音響起，比第一次還要接近。

「送他們回家。」她說。

那男孩說：

「我不知道他們住哪裡。」

女人的聲音說：

「不要那麼壞。從他們被石鴴啄出眼睛的那晚以後，每個人都知道他們住在哪裡。」

接著她換了個語氣繼續說，彷彿在對我們說話：

「可是沒人相信這件事，大家都說，這是報紙為了增加銷量而刊出的假新聞。沒有人看過石鴴。」

我們說：

「但是您看見我們了。」

女人的聲音說：

「如果我帶你們到街上，以後不會有人相信我說的話。」

我們動也不動，我們沉默不語，靠著牆壁聽她說話。女人說：

「如果這個小傢伙願意帶你們出去，那就不同了。總之，沒有人會把小孩的話當真。」

那童稚的聲音插進來：

「如果我帶他們到街上，告訴大家他們是被石鴴啄出眼睛的那三個人，其他孩子會拿石頭丟我。街上的每個人都說這是不可能發生的事。」

一陣靜默籠罩。接著門再次關上，那孩子又開口：

「而且，我正在讀《特里與海盜》。」

有個人在我們的耳邊說：

「我來說服他。」

他拖著腳步走到那個童稚的聲音那裡。

「我喜歡那本書。」他說。「至少跟我們說說看，特里這個禮拜發生了什麼事。」

「他試著贏得那個孩子的信任。」我們心想。

但孩子說：

「這我不感興趣，我感興趣的只有色彩。」

「特里在一座迷宮裡。」我們說。

孩子說：

「那是禮拜五的事。今天是禮拜天，我感興趣的只有色彩。」他的聲音冰冷、無情和漠不關心。

那個人回來後，我們說：

「我們已經迷路了三天，連休息一下的時間都沒有。」

我們其中一人說：

「好吧。我們來休息一會兒，但是不能鬆開手。」

我們坐了下來。看不見的太陽曬暖了我們的肩膀。但是我們對陽光絲毫不感興趣。我們能感覺太陽在那裡，就在某個地方，我們已經失去了對距離、時間和方向的感覺。好幾個說話聲經過。

「石鴿啄出了我們的眼睛。」我們說。

其中一個聲音說：

「他們還真的相信了報紙上的話。」

那些說話聲消失了。我們繼續坐在那裡，就這樣，肩膀挨著肩膀，等待經過的聲音或人影會出現某個熟悉的聲音或氣味。太陽繼續曬著我們的頭。這時，有人說：

「我們再去牆壁那邊吧。」

其他兩人動也不動，抬起頭，望著那抹可以辨識的燦光說：

「再等等。至少等到太陽將我們的臉曬燙。」

一九五〇年

有人弄亂這些玫瑰

Alguien desordena estas rosas

因為是禮拜日，雨也停了，我想帶一束玫瑰到我的墳上。紅色和白色，那種她栽種來布置祭壇和編織花冠的玫瑰。這是個陰鬱可怖的冬天，早晨顯得蕭索悲涼，讓我不禁想起那個村民離棄他們過世親人的丘陵。那是個不毛之地，完全看不見樹木，只要風一吹過，地面就可能見到被風帶回來的殘渣碎屑。既然雨停了，正午的陽光應該會曬乾坡上的土壤，我可以走到那座墳墓前，我幼時的身體就葬在底下，此刻已經腐爛分解，混在蝸牛和氣根之間。

她俯臥在她的聖人像之前。當我不再於廳堂裡走動，從我第一次嘗試卻沒能走到祭壇拿取最鮮豔欲滴的玫瑰開始，她就潛心投入了修行。或許今天的我辦得到吧，但小燈閃了一下，她從神迷的狀態中清醒，抬起了頭，看向角落的椅子。她應該是想著：「又是風。」因為祭壇那邊的確發出了響聲，廳堂晃了一下，彷彿攪動了許久以前沉澱在她內心深處的回憶。這一刻，我明白我應該重新等待拿取玫瑰的機會，因為她正醒著，凝視著椅子，她應該能感覺到我的手在她臉龐邊的窸窣聲。現在，我應該再等一會兒，她會離開廳堂，到隔壁的房間午睡，一如每個禮拜日不變的習慣。或許我能趁這個時候拿走玫瑰，然後在她回到廳堂繼續盯著那張椅子之前回來。

上個禮拜日情況非常棘手。我不得不苦等將近兩個小時，直到她陷入神迷狀態。那時她似乎心神不寧，憂心忡忡，感到痛苦不堪，像是突然確定她在屋內並不是那麼孤獨。她捧著一束玫瑰，在廳堂內踱步繞圈，再把花放在祭壇上。然後，她來到走廊上，再轉進屋內，走到隔壁的房間。我知道她在找燈。之後，當她回來，經過了門前，我看見她穿上深色小外套和一雙粉色絲襪走在明亮的走廊上，我感覺她依然是四十年前的那個小女孩，那時在同樣的這間廳堂裡，她俯身在我的床上說：「他們現在要來幫你裝牙籤，撐開你僵硬的眼睛。」她依然沒變，彷彿從那個遙遠的八月下午開始，時光的腳步便不曾往前，當時幾個女人把她帶來這個廳堂，讓她看屍體，然後對她說：「哭吧。妳跟他情同手足啊。」而她非常聽話，靠在牆上哭泣，身上還穿著被雨淋溼的衣服。

已經三、四個禮拜了，我一直想去拿玫瑰，可是她一直守在祭壇前；她以一種驚人的執著看守著玫瑰，那是她住在這棟屋子二十年來，我從沒看過的態度。上個禮拜日，我終於趁她離開去拿燈時，拿到了最美麗的玫瑰，並湊成一束。這一刻，我幾乎快實現我的願望。但是當我準備回到椅子邊，我再次聽見走廊響起了腳步聲，我匆促地整理一下祭壇上的玫瑰；接著我看見她出現在門口，高舉著一盞燈。

她穿上了深色小外套和粉色絲襪，但是她的臉上有個東西，像是某種神啟所發出的靈光。這時，她一點都不像那個在果園種了二十年玫瑰的女人，而是那個八月午後、被帶到隔壁房間更衣的小女孩；此刻，她提著燈回來了，卻變成了四十年後這副又老又胖的模樣。

我的一雙鞋還沾著那天下午的泥巴塊，儘管二十年來，它已經在熄滅的爐子旁慢慢地變硬變乾。有一天，我去找鞋。當時他們已將大門深鎖，拿下門口的麵包和蘆薈束，搬走了家具。所有的東西都搬空了，除了角落那張我在這段歲月以來一直使用的椅子。我知道他們把鞋子拿去陰乾，離開這棟屋子時，忘了這件事。所以我才跑去找鞋。

許多年過後，她回來了。流逝的時間實在漫長，房間裡的麝香味早已摻混了塵粒的氣味，也摻雜了一絲絲昆蟲的強烈臭味。我孤獨地待在屋內，坐在角落等待。我在關閉的臥室中學會分辨木頭的腐解，以及空氣由流動轉為沉滯的聲音。她就是在這個時間點來到這裡。她站在大門口，手提一口皮箱，頭戴一頂綠帽，穿著從那時開始就不離身的棉質外套。她還是個女孩。她的身形還沒開始臃腫，如同此時此刻絲襪包裹的腳踝還沒發胖。當她打開門時，我滿身灰塵和蜘蛛網，在廳堂內的某個角落，不間斷地歡唱了二十年的蟋蟀終於安靜下來。儘管如此，儘管身上布滿了灰塵與蜘蛛網，儘管蟋蟀猛然反悔，儘管訪客的年紀已然不同，我還是從她身上認出了那個小女孩，她曾在那個暴雨的八月下午，陪伴我在馬廄裡取鳥巢。她在那裡，就站在門口，手提皮箱，頭戴綠帽，似乎突然就要大叫，說出跟當時一樣的話，那個時候他們在馬廄的草堆裡發現我仰面躺著，手裡還緊緊抓著斷裂的樓梯木條。當她把門完全打開時，門鏈嘎吱作響，天花板的灰塵猛然掉落，彷彿有人拿著鐵鎚敲打著屋脊。這一瞬間，她站在明亮的門檻處猶豫起來，之後她探了半個身子進入廳堂，用一種喚醒正在睡覺的人的語調說：「孩子！孩子！」我安靜坐在椅子上，僵直不動，一雙腿伸得長長的。

我以為她只是來看看廳堂，但她在這棟屋子住了下來。她像開啟皮箱那樣，打開了廳堂，裡面飄出昔日的麝香氣味。起初，當其他人帶走了家具和衣箱，她只帶走了廳堂的氣味；二十年過後，她又把氣味帶了回來，歸回原位，重新布置了一個小祭壇，跟以前那個一樣。光是她的出現，就足以重建時間持續不輟的摧殘。自那時起，她在隔壁的小房間吃飯睡覺，但是每天都會過來廳堂與聖人像無聲對談。午後，她會坐在門邊的搖椅上補衣服，並招待來跟她買花的人。她總會一邊搖一邊補衣服。當有人上門來買一束玫瑰，她會把硬幣收進綁在腰間的那條手帕的一角，然後一成不變地說著：「拿右邊的，左邊的花是獻給聖人的。」

她就這樣坐在那張搖椅上，一坐二十年，一邊補她的小東西，一邊看著我的椅子，彷彿看顧的不是那個跟她共度童年下午的小男孩，而是一個肢體障礙的小孫子，他就在這裡，從祖母五歲那年起就一直坐在角落。

或許此刻當她垂下頭，我就可以靠近那些玫瑰了。如果我辦得到，我就要去那座山丘，把花擺在墳堆上，然後再回到我的椅子坐下，等待哪一天，她不再踏進廳堂，隔壁的小房間也不再傳來窸窣聲。

到那一天，這一切都會有所轉變，因為我得再次出門去通知某個人，說賣玫瑰的女人，那個孤零零地住在頹圮的屋子裡的女人，需要四個男人把她抬到山丘上去。到了那時，我會完全孤單一人地待在廳堂中。但是，她也會感到心滿意足。因為到了那一天，她將會知道，每個禮拜天弄亂她祭壇上的玫瑰的，並不是看不見的風。

一九五〇年

那波，
讓天使等待的黑人

Nabo, el negro que hizo esperar a los ángeles

那波趴在乾草堆上。他感覺身體沾上了馬廄的尿騷味。他感覺油亮的灰泥色皮膚殘留了最後幾匹馬的餘溫，但他感覺不到身體。那波什麼都感覺不到。彷彿在馬蹄踢上他的額頭之後就睡著了，現在只剩下這樣的感覺。這種感覺卻又是雙重的，所以他聞到馬廄裡潮溼的氣味，也聽見草堆中看不見、數不清的蟲子的嗡鳴。他睜開眼睛。他再次閉上眼睛，保持安靜，整個下午僵直躺著，感覺自己在失去的時間感中膨脹，直到有人在他背後說：「夠了，那波。你睡過頭了。」他翻過身，沒看見馬，但是門是關上的。雖然並沒有聽見不耐的踢腿聲，那波應當可以想像那些動物在漆黑中的某處。他想像對他講話的人在馬廄外頭，因為門是從裡面拉上門栓鎖上的。那個聲音又在他的背後說：「對，那波，你睡過頭了。你睡了三天。」這一刻，那波才完全睜開眼睛，想起：「我會在這裡，是有一匹馬踢了我一腳。」

他不知道現在的時間。此刻，日子都已遠去，彷彿有個人拿著一塊浸溼的海綿，擦去了那些遙遠的禮拜六夜晚他到村裡廣場上的回憶。他忘了白襯衫。他忘了他有一頂綠草帽，和一條深色褲子。他忘了他沒穿鞋子。那波每個禮拜六晚上都會到廣場上去：他在一個角落坐下來，安安靜靜，但不是為了聆聽音樂，而是為了看那個黑人。每個禮拜六他都去看他。那個黑人戴著一副玳瑁框眼鏡，繫在耳朵上，他就待在後面的一個譜架吹奏薩克斯風。那波看見黑人，但是黑人沒看見他。至少，如果有人知道，那波禮拜六夜晚到廣場上是為了看黑人，而且問他那個黑人是否有那麼一次看到他——不是現在問他，因為現在那波已經記不起那個黑人了，他或許會說沒看到。那是他在刷完馬之後會做的事：去看黑人。

有個禮拜六，黑人不在他的樂隊位置上。起先，那波一定以為他不會再來這種通俗的音樂會吹奏，雖然那個譜架還在那裡。正因為如此，就因為譜架還在那裡，到後來他心想黑人下個禮拜六會回來。可是到了下一個禮拜六，他並沒有回來，連譜架也一併失去蹤影。

那波翻身側躺，看見那個對他說話的男人。一開始，他認不出對方是誰，他的身影在漆黑的馬廄裡隱隱約約。那男人坐在地板高起的地方，一邊說話一邊拍著他的膝蓋。「我被馬踢了一腳。」那波說，他試著想認出男人是誰。「沒錯。」男人說。「現在那些馬都不在這裡，我們正在合唱團等你。」那波搖了搖頭。他還無法開始思考，但是他覺得自己在哪裡看過這個男人。男人說他們在合唱團等他。那波聽不懂他在說什麼，但是他不覺得這麼說有什麼奇怪，因為他每天給馬刷毛時，都會編些歌來逗牠們開心。之後，他再把同樣的歌拿到廳堂去唱，逗一個啞巴小女孩開心。但是那個小女孩活在另一個世界，她坐在廳堂的世界裡，一直盯著牆壁看。他並不訝異有人聽過他唱歌，並想帶他去合唱。此時此刻，他更不覺得驚訝了，因為他聽不懂。他筋疲力竭，頭昏腦脹，反應遲鈍。「我想知道馬到哪裡去了？」他說。那男人說：「我說過，那些馬不在這裡；我們只想帶走像你這樣的聲音。」或許是趴在草堆上的緣故，那波聽得見聲音，但是無法分辨哪些是紛亂的感覺，哪些是馬蹄鐵在額頭留下的疼痛。他轉過在草堆上的頭，然後睡著了。

接下來兩、三個禮拜，那波還是去了廣場，儘管已經看不到黑人在樂隊裡的蹤影。或許那波打聽一下那個黑人發生什麼事，會有人願意回答他吧。但是他沒問，他只是繼續去聽音樂會，直到來了另一個人，他帶著另一支薩克斯風，補上了黑人的位置。於是那波相信，黑人不會再回來，他也不再去廣場了。當他醒來，他相信自己只是打了個盹。他的鼻子還聞得到溼草堆的刺鼻氣味。他的眼前還是被一片黑暗圍繞。可是那個男人還在角落裡。他拍著膝蓋，用深沉又平靜的嗓音說：「那波，我們在等你。你已經睡了兩年，完全不想起來。」這時，那波再次閉上眼睛。接著他又睜開眼睛，凝視角落，再一次看到了那個男人，他無所適從，滿腹疑惑。這一刻他終於認出了他。

如果我們家裡的人知道，那波每個禮拜六晚上到廣場上做什麼，或許我們會想，他不再去廣場，是因為屋中已經有了音樂。我們帶了一臺留聲機回來逗小女孩開心。這臺機器需要有個人整天一直上發條，那波似乎是再自然不過的人選。他不用照顧馬匹的時間就能幫忙。小女孩坐著聽唱片。有時候，當音樂飄揚，小女孩會從椅子下來，不過還是緊盯牆壁不放，她流著口水，爬到走廊上。這時那波會抬起唱針，開始唱歌。起先，他來這棟屋子時，我們問他會幹哪些事，那波說他會唱歌。不過沒人在乎。家裡需要的是會刷馬匹的小夥子。那波留了下來，但是他沒有放棄唱歌，彷彿我們留他下來是要他唱歌，至於刷馬匹不過是工作之餘的休閒娛樂。就這樣持續了一年多，直到家裡的人接受了小女孩以後不會走路、不會認人，她孤零零的，成了一個只會聽留聲機的活死人，她漠然地盯著牆壁，直到我們把她從椅子抬起來，帶她回房間。這時，我們已經不再替她難過了；但是那波堅持不懈，他會準時打開留聲機給她聽。這一段時間，那波每個禮拜六夜晚依然會到廣場上去。有一天，當那個小夥子在馬廄時，有個人在留聲機旁說：「那波。」我們在走廊上，沒人關心是誰說這句話。但是當我們第二次聽見有人在叫「那波」時，我們抬起頭問：「是誰跟小女孩在一起？」有人說：「我沒看到有人進來。」另一個人說：「我十分確定聽到有個聲音說：『那波。』」但是當我們前去查看，只看到小女孩靠著牆壁坐在地板上。

這一天那波提早回來上床睡覺。隔一個禮拜六，那波不再去廣場，因為已經有人遞補了那個黑人，而三個禮拜後的某個禮拜一，當那波待在馬廄時，留聲機卻響了起來，但一開始沒人留意。之後，當我們看見這個小黑仔回來，他唱著歌，身上還滴著馬身上的水，我們對他說：「你從哪裡進來的？」他說：「大門。我中午過後就待在馬廄。」「留聲機響著，你聽到了嗎？」我們對他說。那波回答聽到了。我們問他：「是誰上的發條？」他肩膀一聳說：「小女孩呀。她已經自己上發條好一段時間了。」

事情就是這樣，直到我們發現那波趴在草堆上的那一天，他關在馬廄裡，額頭有個馬蹄鐵印痕。當我們從肩膀把那波抬起來，他說：「我在這裡，有一匹馬踢了我一腳。」但我們無心顧及他說什麼，我們急的是他睜著失去生氣的冰冷眼睛，滿嘴都是綠色的泡沫。他哭了一整夜，發著高燒，身體滾燙，囈語不休，說他在馬廄的草堆丟失了梳子。這是第一天的狀況。到了第二天，他睜開眼睛說：「我口渴。」我們拿水給他，他一口氣喝光後，又多要了兩次，我們問他感覺如何，他說：「我感覺被馬踢了一腳。」他繼續講了一整天和一整夜。最後，他在床上坐了起來，舉起食指，指著上空，說馬奔馳了一整晚，害他徹夜難眠。但是他的高燒從前一晚就已經退了。他不再夢囈，但繼續說個不停，直到嘴巴被塞了一條手帕。於是那波含著手帕開始唱歌：述說他的耳邊響著瞎眼馬的呼吸聲，牠們在關上的門後面找水喝。當我們幫他拿掉手帕，好讓他吃東西，他卻轉過身靠向牆壁，我們以為他睡著了，而他可能真的睡了一下。但是當他醒來，人卻不在床上。他的雙手和雙腳都被綁在房間的一根木樁上。即使被這樣綁著，那波卻開始引吭高歌。

那波認出了那個男人，於是對他說：「我看過您。」那男人說：「你每個禮拜六都到廣場上來看我。」那波說：「沒錯，但是我以為我看到您，而您沒看見我。」那男人說：「我從沒看見你，不過，當我不再去那裡後，我感覺到每個禮拜六有個人不再來看我了。」那波說：「您不再出現，但是接下來的三、四個禮拜，我還是繼續去那裡。」那男人依然沒有離開他的位置，只是輕輕拍著膝蓋。「我沒辦法再回去廣場，儘管那是唯一值得去做的事。」那波試著起身，他甩落頭上的乾草，繼續聽著那個固執又冰冷的聲音，直到他來不及知道自己是不是又快睡著了。自從被馬踢了一腳後，他都一直這樣。他總是聽到那聲音說：「那波，我們在等你。你究竟睡了多久，已經無從得知。」

那個黑人從樂隊缺席的四個禮拜以後，那波正在替一匹馬梳尾巴。他從未這麼做過。以往他只是一邊刷馬的毛髮，一邊唱歌給牠們聽。可是禮拜三他上市場時，看見了一把梳子，他對自己說：「這把梳子能用來梳馬尾巴。」就是這一刻，導致後來馬踢他一腳的意外，害他一輩子腦筋不正常，這是十年或十五年前的事了。家裡有人說：「他還不如那天就死了，而不是像這樣一輩子到老死都滿口胡言亂語。」可是自從我們把他關起來的那天起，就再也沒有人見過他。我們只知道他被關在房間裡，而且從那時開始，小女孩也不再給留聲機上發條了。但是屋內沒人關心這件事。我們把他關起來，當他是一匹馬，彷彿那一腳把他踢笨，把馬的愚蠢與獸性都烙印在他的額頭上。我們將他隔離，彷彿決定把他關到嚥下最後一口氣，因為我們不夠冷血，無法用其他方式結束他的生命。就這樣過了十四年，屋裡有個孩子長大了，他說想見他一面，於是門就被打開了。

那波再看向那個男人。他說：「我被馬踢了。」那男人說：「這句話你已經說了幾個世紀，這段時間，我們都一直在合唱團等你。」那波再一次搖搖頭，把受傷的額頭埋進草堆裡，而他猛然想起事情的來龍去脈。「那是我第一次幫馬梳尾巴。」男人說：「是我們要你變成這樣的，才好來合唱團唱歌。」那波說：「我不該買梳子的。」男人說：「無論如何，你還是會發現那把梳子。是我們決定讓你發現梳子的，再拿去給馬匹梳尾巴。」那波說：「我從沒站在馬的後面過。」那個男人依然神色自若，沒有絲毫不耐：「但是你站在那邊，那匹馬踢了你。這是唯一能讓你來合唱團的方法。」這樣的對話日復一日，不曾改變，直到屋裡有人說：「已經十五年了，沒人開過那扇門。」當那扇門打開時，小女孩正坐著凝視牆壁（她沒長大，已經三十好幾，眼底開始堆積著悲傷）。她轉過了頭，往另外一頭嗅聞。當家裡的人關上門，他們說：「那波已經平靜下來，他在裡面動也不動。

這幾天他就會死，等味道飄散出來，我們就會知道。」有人說：「我們會從飯菜知道才對。他一直都有吃飯。這樣也好，他關在裡面，不會有人打擾他，後面也有足夠的採光。」事情最後變成這樣，只是那個小女孩繼續望著門的方向，聞著從門縫鑽出來的熱氣。她一直這個模樣，到了凌晨，我們聽見客廳傳來金屬響聲，我們記起十五年前也曾聽過同樣的聲音，那是那波給留聲機上發條的聲音。我們起床，打開了燈，我們聽見一首已被遺忘的歌曲開頭的節拍，那首哀傷的歌曲早在許久以前就被埋葬在唱片裡了。那個聲音越來越吃力，直到發出一個尖銳的聲響，這一刻，我們恰巧抵達廳堂，我們感覺那張唱片還繼續響著，還看見小女孩就在角落的留聲機旁，她凝視著牆壁，舉著從留聲機上斷落的搖把。我們僵在那裡。小女孩也沒離開，她留在那裡，安安靜靜，一臉漠然，舉著搖把，繼續盯著牆壁。我們什麼話也沒說，返回了房間，想起某個人曾告訴我們，小女孩知道怎麼給留聲機上發條。我們反覆想著，無法成眠，聽見唱片哽咽的樂曲，知道唱片還在轉著，儘管發條已經嚴重裂損。

前一天，當那扇門打開時，裡面傳來的是一股生物廢棄物的臭味，感覺像是死屍。開門的孩子大叫：「那波！那波！」但是裡面沒有任何回答。門口旁擺著空盤子。每天都有人從門下送三次盤子進去，盤子也被推出來三次，都是空的。所以，我們知道那波還活著，但也僅是因為這樣而已。

他待在裡面動也不動，也不再唱歌。應該是關上門之後，他才變成這樣的，當時那波對那個男人說：「我不能去合唱團。」那男人問：「為什麼不能？」那波回答：「因為我沒有鞋子。」那個男人抬起他的腳說：「沒關係呀。我們那裡不穿鞋。」那男人抬起光溜溜的腳，那波看見他硬邦邦的腳底板是黃色的。「我已經待在這裡不知多久的時間了。」男人說。「我被馬踢了，那不過是剛剛的事。」那波回答。「現在我要灑點水在頭上，再帶牠們去繞一圈。」那男人說：「那些馬不需要你了。這裡已經沒有馬。倒是你該跟我們走了。」那波說：「那些馬應該在這裡呀。」他稍微支起身體，雙手陷進了草堆裡，那個男人說：「已經十五年沒人照顧牠們了。」可是那波抓了抓草堆下的地板說：「那把梳子應該在這附近。」那男人說：

「馬廄已經關閉了十五年。現在滿是殘磚碎瓦。」那波說：「只不過一個下午時間，怎可能變成殘磚碎瓦。我找不到梳子，絕不離開這裡。」

再次關上那扇門的隔天，我們聽見門裡面傳來費力的移動聲。接下來，沒有人敢再有所動作。當聲響又開始傳來，沒人敢吭上半聲，之後門慢慢開啟，有股無比巨大的力量把門推了開來。裡面傳來一種喘息聲，就像有隻野獸被關在柵欄內。最後，生鏽的門鏈發出一個斷裂的喀啦聲，那波搖了搖頭。「我找不到梳子，絕不去合唱團。」他說。「應該在這附近。」他翻亂草堆，將地扒開，抓花地板，直到那個男人說：「好吧，那波。如果找到梳子，你就會來合唱團的話，那麼就去找吧。」他往前俯身，臉上浮現耐心的驕傲。他雙手撐在欄杆上說：「去吧，那波。我來確保沒有人能阻止你。」

就在這一刻，那扇門被推開了，一個彷彿野獸般的巨大黑人從裡面走了出來，他壓壞了家具，撞倒了物品，額頭上還有一道粗糙的傷疤（儘管已經過了十五年），並高舉一對嚇人的拳頭，十五年前綁的繩索還在上面

（當時他還是個照顧馬的小黑仔）；他使出狂風暴雨般的力量，用肩膀撞開門，嘶吼聲傳遍走廊，他經過坐著的小女孩身邊（在走到院子之前），而她手中還拿著前一夜的留聲機搖把（她看見爆炸開來的黑色暴風，想起了從前某個、應該是個字的發音），但是他沒看見小女孩（儘管她就在留聲機和鏡子的旁邊），他把廳堂的鏡子扛上肩，走到院子（在找到馬廄之前），抬頭面向太陽，閉上眼睛，像瞎了眼（腦子不停響著鏡子碎裂的聲音），他像頭蒙眼的馬，分不清方向地狂奔，憑著直覺找到馬廄的門，十五年的囚禁把馬廄從他的記憶裡抹去，但可沒有從他的直覺中刪去（從他梳馬尾而終生變傻的遙遠那天開始），他把留下的災難、崩塌、混亂拋在身後，彷彿蒙眼的公牛在一間燈光刺眼的房間裡亂撞，直到抵達後院（還沒找到馬廄），使出那股帶走鏡子、宛如狂風暴雨的力量將地面挖開，或許他想著，挖開雜草，馬的尿騷味就會再次瀰漫開來，接著他總算到了馬廄的門前（此刻，他比自己狂暴的力量還要強大），他太急著推開門，進去的時候面朝下跌了一跤，或許他已奄奄一息，或許他還無法控制兇猛的獸性，此刻依然頭昏腦脹，這樣的獸性，讓他方才聽不見小女孩說了什麼，小女孩在看見他經過時，流下口水，像是想起了什麼，她舉起搖把，但是沒有離開椅子，也沒有蠕動嘴巴，她只是在半空中轉動留聲機的搖把，想起她這輩子學會說的、唯一的詞彙，然後從廳堂大聲吼叫出來：「那波！那波！」

一九五一年

雨中走來的男人

Un hombre viene bajo la lluvia

曾經，當她坐下來聆聽雨聲，心頭總是浮現同樣的驚恐。她感覺到鐵欄杆嘎吱作響，也感覺到磚面小徑響起腳步聲，和門口前方傳來磨損的靴子踩在地面的聲音。許多個夜晚，她等待著那個男人來敲門。但是之後，當她學會分辨雨中數不清的各種聲音，她心想，想像中的訪客永遠不可能跨過門檻，於是她習慣不再等待他。這是最終的辦法，下定決心的那天，是五年前九月的一個暴風雨夜，那時她開始思索她的人生，並對自己說：「再繼續這樣下去，我將會等到終老。」從那一刻起，雨聲不再一樣，有時候甚至取代了磚面小徑上的腳步聲。

沒錯，儘管她作了不再等他的決定，那面柵欄偶爾還是會嘎吱作響，那男人再一次踩著靴子經過門前，就像以前一樣。可是，她在雨聲中捕捉到新的聲音。她再一次聽見諾耶爾的說話聲，那年他十五歲，正在給他的鸚鵡講解教義手冊；她還聽到那首古老又悲傷的曲子，家族的最後一個男丁死去後，那臺播放歌曲的留聲機被賣到一條販售便宜貨的走廊商鋪去。她學會如何從雨聲中找回這棟屋子過往淹沒一切的人聲，那些純粹又動人的聲音。因此，在那個暴風雨夜，當那個多次打開柵欄的男人，竟然不同以往，走過磚面小徑，在門口咳嗽，然後叫了兩次門，實在是令人驚訝和不可思議。

她的表情陰沉，難以壓抑心中的焦慮，她打了個簡短的手勢，視線轉向另一個女人，並說：「他來了。」

另一個女人在桌邊，她兩邊手肘撐在厚實的粗糙橡木桌上。當她聽見敲門聲，她別開雙眼，望向燈光處，似乎感到深深的不安，並發起抖來。

「都這個時間了，會是誰呢？」她說。

而她冷靜下來，再次以自信的語氣，說出醞釀了多年的話。

「這並不重要。不管那是誰，都應該溼透了。」

她看著另一個女人站起來，視線緊緊追著她不放。她看見她拿起燈，消失在走廊上。廳堂昏暗，她感覺淅瀝瀝的雨聲在漆黑中更加響亮，她感覺另一個女人的腳步聲逐漸遠離，一跛一跛踩在後院鬆脫和磨損的磚頭地面上。接著，她聽見那盞燈碰撞牆壁的聲音，然後生鏽鐵環上的門栓被拉開了。

一時間，她只聽見遙遠過往的說話聲。諾耶爾坐在一個木桶上，用欣喜的語氣，告訴他的鸚鵡來自天主的訊息。她聽見院子裡傳來輪子的嘎吱聲響，那是爸爸勞雷打開門，讓兩頭牛拉的車子進來的聲音。她聽見韓娜薇亞把家裡鬧得雞飛狗跳，她一向如此，因為她總是說：「我老是遇到有人跟我爭這間該死的浴室。」接著，她又聽見爸爸勞雷脫口而出軍人的粗話，拿著獵槍擊落燕子，他在最後一場內戰中用的就是同樣那把槍，還單槍匹馬殲滅一整支政府軍。她甚至想，這一次事情的發展也止於敲門了吧，就跟之前一樣，那雙靴子的腳步頂多停在門口；她心想，另一個女人如果打開門，只會看見雨中的盆栽，和一片悲悽的空蕩蕩街道。

但接下來，黑暗中的說話聲開始清晰起來。她再次聽到熟悉的腳步聲，她看見前庭的牆壁映著拉長的影子。這一刻，她明白，在經過那麼多年的準備，那麼多個夜晚的猶疑和悔恨之後，那個打開柵欄的男人終於決定進來了。

另一個女人提著燈走回來，她的後面跟著剛到的訪客；她把燈放在桌上，他在燈光的映照下脫下雨衣，那張被暴風雨肆虐過後的臉孔轉向牆壁。這時，她第一次見到他的真面目。她從一開始就定定地看著他。接著，她把他從頭到腳細細打量一遍，她的目光堅定、認真而嚴肅，一絲不苟地拆解他，彷彿她檢視的不是個人，而是一隻鳥。最後，她收起視線轉向燈，開始思索：「總之，就是他。儘管我想像中的他會更高一點。」

另一個女人拿來一張椅子到桌邊。男人坐了下來，蹺起一隻腳，解開靴子的鞋帶。另一個女人坐在他身邊，自然而然地搭起話，而她坐在搖椅上，沒辦法聽清楚。但是，她看著那些無聲的表情，感覺自己並不在意被晾在一旁，她注意到灰塵飄浮的沉悶空氣，再次出現了從前的氣味，彷彿又回到男人們滿頭大汗踏進臥室的時代，當時滿腦子幻想的烏蘇拉身體健朗，每天到了下午四點五分，她都會奔去窗口，目送離去的火車。她看著陌生的男人比手畫腳，還很高興他這麼做。她很高興，男人總算明白在經歷了一場艱鉅的旅程，期間還多次修正過方向，終於找到了這棟在暴風雨中掩去蹤影的屋子。

那男人開始解開襯衫的釦子。他已經脫掉靴子，身體越過桌面，借著燈的熱氣烘乾身體。這時，另一個女人起身，走向櫃子，拿出已經喝掉半瓶的酒和一個玻璃杯回來。男人一把抓住酒瓶的脖子，用牙齒咬開塞子，替自己倒了半杯的綠色烈酒。接著他一口氣灌下，流露急迫的焦慮。她坐在搖椅上觀察他，憶起柵欄第一次嘎吱聲響起的那一晚，那是多久以前了啊！她心想，這棟屋子裡沒有可以招待訪客的東西，除了那瓶薄荷酒。她對她的同伴說：「那瓶酒要擺在櫃子裡，總會有人需要喝。」另一個女人說：「誰會喝？」而她回答：「任何人都可能。做準備總是好的，以防有人在雨天上門。」從那時起，已過了非常多年。此刻，預期可能出現的人就在那裡，正往玻璃杯倒更多的酒。

不過，這次男人沒喝。他準備要喝的時候，視線越過了燈，迷失在昏暗中，她第一次感覺到他目光的溫暖接觸。她知道，男人到這一刻才發現屋內還有一個女人；於是她開始搖椅子。

有那麼一會兒時間，男人冒失地打量著她，這種冒失也許是刻意的。一開始她不知所從，但接下來她發現，她感覺那抹眼神十分熟悉，然而，他不斷探索她的失當行為，恰似諾耶爾的一種善意的調皮，也有一點像他那隻鸚鵡能夠讓人忍受的老實笨拙。因此，她開始搖椅子，並想著：「他跟想像中會打開柵欄的人有段距離，但無論如何，他就是那個人。」她迎著他投射過來的視線，繼續搖著椅子，心想：「或許爸爸勞雷會邀他到菜園獵兔子。」

午夜將近，暴風雨開始加劇。另一個女人把椅子拉到搖椅旁，她們倆動也不動，默默凝視著男人在燈的旁邊烘乾身子。屋子旁那棵扁桃樹的細嫩枝椏敲了好幾下窗戶，窗戶沒關緊，一陣狂風猛然鑽了進來，客廳裡的空氣頓時變得潮溼起來。她感覺臉上彷彿有冰雹鋒利的邊緣割過，不過她沒有移動，直到她看見男人把最後一滴薄荷酒倒進玻璃杯。她覺得這幅畫面有種象徵的意味。於是她想起爸爸勞雷蹲伏在農舍的溝渠裡孤軍奮戰，拿著一把打燕子的霰彈槍，將政府兵擊倒。她想起奧雷里亞諾・波恩地亞上校寫來一封信，和爸爸勞雷婉拒信中提到的上尉頭銜，他說：「告訴奧雷里亞諾，我不是為了戰爭而打倒他們，而是不想讓那些野蠻人吃掉我的兔子。」

她彷彿也在這個回憶中，倒乾了最後一滴這棟房子僅存的往事。

「櫃子裡還有其他東西嗎？」她鬱悶地問。

另一個女人用同樣的語調、用同樣的音量，猜想那個男人應該不會聽到地說：

「沒有了。還記得吧，我們禮拜一吃光了最後一把菜豆。」

接著，她們害怕那個男人聽到她們的對話，視線回到了桌子的方向，可是她們只看到一片漆黑，不見桌子，也沒有男人。然而，她們知道那個男人還在那裡，隱身在熄滅的燈旁邊。她們知道，除非停止下雨，不然他不會離開這棟屋子，而漆黑中的客廳已變小到這種程度，因此他要是聽到她們的對話，也沒什麼奇怪的。

一九五四年

伊莎貝爾凝視
馬康多下雨的喃喃自語

Monólogo de Isabel viendo llover en Macondo

冬天踩著倉促的腳步突然來到，就在某個禮拜日的彌撒結束之後。禮拜六入夜後依舊悶熱難耐。儘管到了禮拜天早晨，也看不到任何下雨的跡象。彌撒結束後，我們這些女人還來不及找到洋傘的握把，就已經吹起了一陣沉重陰暗的風，大面積地掃過一圈，颳走了灰塵和乾巴巴的五月枯草。有個人在我的旁邊說：「這種風會帶來雨水。」我早就知道了。當我們走到教堂門廳時，我感覺肚子有種黏稠感，忍不住發抖。男人們一手抓著帽子，一手拿著手帕，奔到附近的屋舍躲避強風和滿天灰塵。就在這一刻，下雨了。天空變成一片灰濛濛的膠狀物。

接下來的晨間時光，我跟我的繼母坐在欄杆旁，很開心這場雨重新替迷迭香和晚香玉注入生氣，經過七個月炎熱的夏天和炙人的灰塵，盆栽早已乾渴不已。到了正午，地面不再劈啪作響，而是升起一股翻完土後、植物甦醒過來的新鮮味道，還混雜著雨水淋溼迷迭香後發出的、有益健康的清新氣味。吃午飯時我的父親說：「五月下雨，是雨水豐沛的預兆。」我的繼母面帶微笑，季節更迭，乍臨的日光灑落在她的身上，她對父親說：「這句是你在聽講道時聽來的。」我的父親笑了出來。他胃口大開，吃到飽脹難消，飯後待在欄杆旁，安安靜靜，闔上眼睛但沒睡著，彷彿相信自己正做著白日夢。

雨以同樣的聲調，下了一整個下午。雨聲是那樣密集、整齊和平穩，彷彿是搭乘了一整個下午的火車。但我們都沒發現，因為雨聲已經深深地滲入了我們的感官裡。禮拜一凌晨，當我們關上門，以免刺骨的寒風從院子吹進來，我們的感官已經被雨聲淹沒了。到了禮拜一早晨，雨聲已經氾濫成災。我跟我的繼母再一次凝視花園。五月的灰褐枯土已在一夜之間化為深色爛泥，像極了日常用的肥皂。盆栽之間開始出現水流。「我想，盆栽一整夜已經喝了太多的水。」我的繼母說。我發覺她的臉上已不見微笑，她前一天的歡喜變成略帶沉悶的嚴肅。「我想是吧。」我說。「等天氣放晴，再叫那些瓜希拉工人把盆栽挪到走廊上去，這樣比較好。」就這樣，工人把盆栽移走了，而加劇的雨勢，彷彿一棵遮住所有樹木上空的、無邊無際的大樹。我的父親待在禮拜天下午會待的那個位置，不過他沒有談論下雨。他說：「我前一晚睡不好，我的脊椎發疼。」他靠著欄杆坐在那兒，雙腳抬放在一張椅子上，轉頭看著空蕩蕩的花園。他不想吃午飯，直到天色暗下才說：「似乎不會放晴了。」於是我想起炎熱的那幾個月。我想起八月，想起那些昏沉又漫長的午睡時刻，時間那樣難熬，我們奄奄一息，身上貼著汗溼的衣服，聽著外頭持續不斷的、無聲的嗡嗡響。我看見雨水沖刷牆壁，將木頭的接縫撐鬆。我看見小花園第一次變得空蕩蕩的，茉莉花樹依然靠著牆壁，一如對我母親的忠實回憶。我看見我父親坐在搖椅上，靠著一個舒緩脊椎疼痛的枕頭，他睜著一雙發愁的眼睛，視線迷失在雨中的迷宮裡。我記起八月的夜晚，在那片萬籟俱寂，只聽得見千年來推著地球繞著那根沒上油的生鏽軸眼轉動的聲響。突然間，我感到一種天崩地裂的悲傷，內心萬分恐懼。

禮拜一和禮拜天一樣，雨下了一整天。但這時下的雨彷彿不同，因為我的心底滋生出一種不太一樣的苦澀。天色暗下時，有個聲音在我的身邊說：「這場雨真煩人。」我不必轉過頭，就認出那是馬汀的聲音。我知道他在旁邊的椅子上說出這句話，臉上掛著同樣冷漠和困惑的表情，他的表情始終如一，即使在那個陰暗的十二月凌晨成為我的丈夫之後。從那之後已經過了五個月。此刻，我腹中懷著孩子。而馬汀就在那裡，在我的身邊說出他討厭這場雨。「不是煩人。」我說。「我倒是覺得悲傷，因為花園空蕩蕩的，還有那些可憐的樹木沒辦法離開花園。」這一刻我轉過頭看馬汀，他卻已不在那裡，只留下一句對我說的話：「看來別想放晴了。」我看向發出聲音的地方，只看到空無一人的椅子。

禮拜二，花園裡出現一頭母牛。牠垂頭喪氣，蹄子陷在泥巴裡動彈不得，彷彿一座隆起的土丘。瓜希拉工人花了一整個早上，拿著木棍和磚頭試圖嚇跑牠。但是那頭母牛毫不驚慌，牠頑固極了，難以對付，蹄子還陷在泥巴裡，巨大的頭飽受雨水的羞辱。瓜希拉工人反覆騷擾牠，直到我的父親忍無可忍，走過去替母牛說話：「別再煩牠。」他說。「牠終會離開，就像來的時候一樣。」

禮拜二夜幕降臨後，雨勢加劇，雨簾就像一塊裹屍布。早晨的清新感已開始轉為悶熱、黏答答的溼氣。天氣倒是不冷也不熱，而是一種直叫人打冷顫的溫度。穿著鞋的腳不停出汗。大家不知道究竟怎麼樣最不舒服，到底是要露出皮膚，還是穿上衣服。屋裡的一切活動都停了下來。我們坐在走廊上，但不像第一天那樣凝望雨水，我們不再覺得那是下雨。樹木在我們眼中彷彿霧裡的輪廓，暮色悲傷而淒涼，嘴脣嘗到的滋味就像夢見陌生人後醒來的感覺。我知道是禮拜二，我想起聖赫羅尼莫的那對瞎眼雙胞胎姊妹，她們每個禮拜都上門，給我們唱些簡單的歌曲，她們的歌聲充滿苦澀與無助，直叫人肝腸寸斷。儘管下著雨，我還是聽得見那對瞎眼雙胞胎的歌，我想像她們待在家裡，蹲著等待雨停，好出門獻唱。我心想，這一天聖赫羅尼莫的瞎眼雙胞胎姊妹不會來了，那叫化子女人也不會出現在走廊上，她總是在禮拜二的午覺時刻後，前來乞討一支檸檬香草。

這一天，我們無法按時吃飯。我的繼母在午覺時間端來了簡單的湯品和一塊發餿的麵包。但其實我們從禮拜一天黑後就滴食未進，我想，從那一刻開始我們也停止了思考。我們像是因雨水而著了魔似地動彈不得，我們的態度平靜，接受了這個大自然的浩劫。午後只剩那頭母牛還有動靜。突然間，牠的肚子傳來深沉的響聲，牠的蹄子重重地陷進爛泥中。接著牠一動也不動，半個小時過去，牠彷彿已經死了，但其實還活著，沒有倒下只是因為牠在雨中慣性維持著同一個姿勢，一直到這個習性終究敵不過身體的重量。此刻，牠的前腳往前一跪（烏黑到發亮的後腳，依然仗著即將耗盡的最後一絲力氣撐著），冒著白沫的嘴沒入泥漿，牠終究撐不住沉重的軀體，以光榮之姿，安靜又緩慢地完全倒下。「牠只能撐到這裡為止。」有人在我的背後說道。我回過頭，看見那個每逢禮拜二都會上門的女叫化子就在門口，她穿越了暴雨前來乞討一支檸檬香草。

或許到了禮拜三，我就能習慣這般沉重的景況了吧，但是我到了廳堂，發現桌子靠在牆邊，家具堆在桌子上，而在另外一頭，一夜之間出現了皮箱和裝著鍋碗瓢盆的箱子堆砌成的臨時欄杆。眼前這一幕，給我一種可怕的空虛感。夜裡必定是出了什麼事，屋內亂成一團；瓜希拉工人打著赤膊、光著腳，褲子捲到膝蓋，正在把家具搬到飯廳。他們臉上的表情與同樣的動作，流露出一種遭逢挫敗的叛逆，一種在雨中感到被迫與羞辱的自卑感。我四處走動，漫無方向，漫無目的。我感覺自己化成了一片悲涼的草地，上面長著水草和地衣，黏稠和軟綿的菇菌，瀰漫著惡臭的溼氣，籠罩在昏暗中。當我在廳堂凝視著家具被堆積在一起後的荒涼景象，聽見了繼母從房間傳來的聲音，她警告我可能會得肺炎。直到這一刻，我才發覺水已淹到了腳踝，屋子泡水，地板積著一汪黏稠的死水。

禮拜三這一天，天色到了中午還沒完全發亮。不到下午三點，夜色已經提前腳步，完全降臨，並帶來了災害，那節奏緩慢、單調而無情，和落在院子裡的雨水如出一轍。這一個提早到來的黃昏，那輕柔而陰暗的暮光，籠罩住那群瓜希拉工人，他們蹲在椅子上，靠著牆壁，對於大自然引起的混亂一籌莫展。這時，街上陸續傳來消息。並不是有人把消息帶進門，而是街道上的滾滾泥流把一件接著一件消息確實送來，再捲走鍋碗瓢盆和許多東西。那些都是遠處遭逢災難的殘塊、瓦礫和動物屍體。這全在禮拜天發生，當時雨水不過預示了上天安排的季節即將來臨，直到兩天過後，整棟屋子才終於知道消息。禮拜三，消息又陸續傳到，彷彿被一股暴雨內的力量推擠而來。這時聽說教堂淹了水，正搖搖欲墜。這一晚，有個不知道怎麼得知消息的人說：「火車從禮拜一起就過不了橋。鐵軌似乎被河流給沖走了。」還聽說有個生病的女人從她的床上消失了，當天下午被人發現漂浮在院子裡。

我驚恐萬分，猶如遭鬼魂和洪水附身，我坐在搖椅上，縮起雙腿，眼睛盯著溼氣籠罩的一片漆黑，那裡充滿不明的不祥預感。我的繼母出現在門口，她舉著一盞燈，高高抬起下巴。她恍若一縷先祖的幽魂，看著眼前的她，我並未感到任何驚嚇，因為我也是她這幅超自然畫面的元素。她走到我身旁，就這樣高抬下巴和高舉著燈，踩過走廊發出濺水聲。「現在我們得禱告。」她說。我看見她乾癟皺裂的臉孔，那模樣活像剛剛離開一場葬禮，或者是用有別於人類的某種物質製作出來的。她站在我前面，手裡拿著唸珠說：「我們現在得禱告。雨水沖垮墳塚，可憐的往生者漂浮在墓園裡。」

這天夜裡，或許我睡了一會兒，卻在聞到一股酸味後驚醒過來，那刺鼻的氣味恍若來自屍體的腐爛。我用力搖醒在我身旁打呼的馬汀。「你感覺到了嗎？」我說。而他說：「嗄？」我說：「有一股味道，應該是死人漂到街道上了。」想到這裡，我驚恐萬分，但是馬汀翻過身緊挨著牆壁，用濃濃睡意的粗啞聲音說：「那是妳的事，懷孕的女人最愛滿腦子幻想。」

禮拜四天破曉時刻，氣味停止，消逝在距離感中。時間感從前一天開始完全崩毀，此刻完全消失。於是禮拜四已不復存在，取而代之的應該是一種黏稠的有形物體，能夠用雙手揮開，好讓星期五能夠出現。在那裡沒有男人也沒有女人。我的繼母、我的父親、瓜希拉工人，似乎都成了不可思議的脂肪身體，在冬季的沼澤地中走動。我的父親對我說：「不要離開這裡，除非有人跟妳說該做什麼。」他的聲音遙遠而縹緲，不像是從耳朵聽到，而是觸摸到的，這是唯一還正常運作的感官。

但是我的父親並未返回：他迷失在時間中。於是，當夜幕降臨，我叫住繼母，要她陪我到臥室。我做了一個平靜安詳的夢，夢境綿延了一整夜。到了隔天，情境依舊，一樣沒有顏色、沒有氣味、沒有溫度。我一醒來，立刻跳到一張椅子上，坐在那裡動也不動，因為有個東西告訴我，我的意識有個部分還沒完全甦醒。這時，我聽到了火車鳴笛。長長一聲悲傷的汽笛，逃出了暴雨的禁錮。「應該是有個地方放晴了吧。」我心想。而我的背後響起一個聲音，像是回答我的想法：「會是在哪裡……」那聲音說。「是誰在那裡？」我邊說邊查看。我看到我的繼母伸長一隻乾瘦的手指向牆邊。「是我。」她說。我對她說：「妳聽見了？」她回答對，又說或許是附近雨停了，他們修好了鐵軌。接著她拿給我一個盛著熱騰騰早餐的托盤。那香氣是大蒜醬和滾燙的奶油。那是一盤湯。我目瞪口呆地問繼母現在幾點。她相當冷靜地回答，聲音流露一種疲憊不堪的屈服：「應該差不多是兩點半吧。總之，火車沒有延誤。」我說：「兩點半！我怎麼睡了這麼久？」她說：「妳沒睡太久，頂多就三點而已吧。」我全身顫抖，感覺餐盤從我的雙手滑落：「禮拜五兩點半……」我說。她以異於平常的平靜說：「女兒，是禮拜四兩點半。現在還是禮拜四兩點半。」

我不知道自己處在夢遊般的狀態多久了，在裡面的我，感官已全部失去了功能。我只知道，在過了許多個不可計數的小時後，我聽見了隔壁屋子傳來的說話聲。有個聲音說：「現在你可以把床搬到那一邊。」那個聲音充滿疲憊，但不是病懨懨的聲音，而是康復的聲音。不久，我聽見磚頭在水中的聲音。我僵直不動，直到我發現自己平躺著。在這一刻，我感覺到無邊無際的空虛。我感覺到密布屋內的死寂，這種不可思議的淤塞沾染了每一樣東西。接著我突然感覺心臟凍成了一塊石頭：「我死了。」我心想。「老天。我死了。」我從床上跳起來。我大喊：「艾姐！艾姐！」從另外一頭，傳來馬汀冷淡的回答：「他們都到外面去了，聽不到妳的聲音。」直到這一刻，我才注意已經雨過天青，我們的四周綿延、圍繞著一片寂靜、一種平靜，一種神秘而深切的幸福，這種完美的狀態，非常類似死亡。之後，走廊上響起了腳步聲，傳來清楚而朝氣蓬勃的說話聲。接著一陣清涼的微風拂過門板，鎖頭發出喀啦聲響，一個魁梧的輪廓突然重重地跌進院子裡的水池，彷彿一顆瓜熟蒂落的水果。空氣中有個東西揭露這個不見人影的人正在漆黑中微笑。「老天。」這時我心想，我的時間已經錯亂了。「現在就算有人叫我參加上個禮拜日的彌撒，我也不會覺得驚訝了。」

一九五五年

藍狗的眼睛／加布列・賈西亞・馬奎斯作；葉淑吟譯. -- 初版. -- 臺北市：皇冠, 2023.07
面；公分. --（皇冠叢書；第5103種）(CLASSIC;121)
譯自：Ojos de perro azul

ISBN 978-957-33-4038-6（平裝）

885.7357　　112009017

皇冠叢書第5103種

CLASSIC 121

藍狗的眼睛

Ojos de perro azul

作　　者—加布列・賈西亞・馬奎斯
譯　　者—葉淑吟
發 行 人—平　雲
出版發行—皇冠文化出版有限公司
台北市敦化北路120巷50號
電話◎02-27168888
郵撥帳號◎15261516號
皇冠出版社(香港)有限公司
香港銅鑼灣道180號百樂商業中心
19字樓1903室
電話◎2529-1778　傳真◎2527-0904
總 編 輯—許婷婷
責任編輯—蔡維鋼
行銷企劃—薛晴方
美術設計—BIANCO TSAI、李偉涵
著作完成日期—1947年
初版一刷日期—2023年7月

法律顧問—王惠光律師

讀者服務傳真專線◎02-27150507
電腦編號◎044121
ISBN◎978-957-33-4038-6
Printed in Taiwan
本書定價◎新台幣380元/港幣127元